포레스트 웨일 공동 작가

하늘에
가을을 수놓다

송해성(아도니스송) | 조서아 | 김채림(수풀) | 꿈꾸는 쟁이
one_시인 | 박상어 | 아루하 | _Heimish_ | 숨이톡 | 유동 | 서희
하진용(글잼) | 이상현 | 루다연 | 이재성 | 안세진 | 일랑일랑
한민진 | 최이서 | 김준 | 박주은 | 뮬럿 | 노기연 | 윤현정 | 정예은
조현민 | 네모(배우나) | 김원민 | 백우미 | 김승현 | 한라노
윈터 | 글길 | 문윤희 | 신경은 | 시눈 | 한지인 | 새벽(Dawn)
서지석 | 사랑의 빛 | 광현

KB192476

FOREST
WHALE

차례

차례

하
늘

하늘 아래,
우린 모두 우물 안 개구리

늘 그러했다. 마치 백지장처럼 가벼운 마음으로 세상을 대했던 모진 개구쟁이들 같이...

중요한 건 따로 있으니, 늘 우리들은 하늘을 손바닥으로 가린 채, 마치! 다 가려지는 것처럼 그렇게 가리면 가릴수록 쓸쓸해지는 것조차 느끼지 못함의 끝내움을...

누구나 다, 우물 안에 개구리라는 걸 살아가며 느끼며 행하고….

하늘의 끝을 내 달릴 수 없지만 우리 내의 그 아름다울 마음으로, 아름다운 하늘처럼 그 아름다움을 잘 간직하였으면 좋겠습니다. 나아가 하늘의 유유히 지나가는 구름처럼 우리들의 마음 구석구석에도 뭉개! 뭉개, 밝은, 밝을! 그런, 저런 하늘의 마음을 잘 간직하며 지내었으면 합니다. 오늘도 우리들의 행복할 하늘을 바라보며!

하늘

초등학교 때 친구랑 구름사다리를 올랐던 기억이
있다.

'내 키가 조금 더 크면 저 하늘에 떠 있는 구름도
잡을 수 있어!'

키는 다 크고 어른이 된 지는 한참이 되었는데 구
름은커녕

하루하루 쉴 틈 없이 흘러가는 내 인생도 잡기가
힘들다.

그럴 때마다 습관적으로 고개를 하늘로 들어본다.

마치 날 위로해 달라는 듯. 나에게 답을 달라는 듯.

위로가 필요한 날, 그렇게 난 하늘을 본다.

밤빛 피는 어둠 속

별들이 쏟아지는
밤하늘을
바라보며

어둠 속,
수많은 구름 위를
걷는 거리

흐르는 모래시계
두개가
빛으로 이어
마법의 열쇠를
찾아

신비한 길을
나선다

하늘 속에 담긴 눈꽃처럼

드넓은 하늘 속에 담긴
우아한 그녀의 미소
그대 태어남의 아름다운 그날
꽃 중의 그대는
빛고운 하얀 눈꽃처럼
고귀한 사랑과

우리의 소망을 이루어주는
당신은 행복한 분입니다

하늘

하늘에서 내리는 비는
나의 눈물이며

하늘에 낀 먹구름은
한 줌의 빛도 허락되지 않는
깜깜하기만 한 내 마음이라네

무거운 정적만 느껴지는 밤하늘은
꼭 나를 보는 듯하네

밤하늘을 수놓는 수억 개의 별들 중에
과연 어둡기만 한 내 마음을 밝혀 줄
별이 그 어딘가에 있긴 할까….

하늘이 끊어버린 연

하늘도 참 무심하지

하고 싶었던 것도 접고, 꿈도 미룬 채 착하게만 산
너였는데….

하고많은 사람 중에 하늘은 왜 하필 꽃다운 나이의
너를 일찍 데려갔을까….

야속한 하늘 때문에 너와 마지막 인사도 못한 채
너를 하늘로 보내야만 했어

이십 년이 다 되어가는 지금도 하늘을 올려다보며
애타게 너의 이름을 불러보아도 대답 없는 너를 대
신해 하늘에게 물어보고 싶어

너를 왜 그렇게 빨리 데려갔냐고 나에게서 유일한
절친을 빼앗아 간 이유가 뭐냐고 따지면 하늘은 나
에게 그 이유를 말해줄까

대답 없는 너처럼 내가 아무리 울부짖어도 하늘 또
한 대답이 없겠지….
하늘로 간 지 이십 년이 다 되어가는 지금도 여전
히 너를 그리워하는 내 마음을 너는 알려나….

너무 머나먼 하늘로 떠나버린 너와 그런 너를 오랫
동안 그리워하는 나에게 하늘은 참 야속하다

서로 닿을 수도
서로 만날 수도
서로 볼 수도 없게
갑작스럽게 하늘이 끊어버린 연이 되었으니 하늘
을 탓할 수밖에….

저 별을

저 별을 따다 줄 정도로

너를 사랑해

낭만 넘치는 뾰족한 말은
하늘의 마음에 구멍을 뚫는다

우리를 하염없이 품고 있는 하늘은
그럴 때마다 눈물을 떨군다

눈이 가려진 우리는
늘 옆에 있던 하늘보다
잡을 수 없는 저 별을 동경한다

하늘 아래, 우리만의 비밀

가을의 맑은 날, 우리는 선생님 몰래 옥상에 올라 갔다. 바람에 흔들리는 단풍잎을 보며 이야기를 나누고 있었는데, 친구가 하늘을 바라보며 조용히 입을 열었다.

"저기 날아다니는 잠자리처럼 살고 싶어. 아무 걱정 없이 자유롭게 날아다니고, 땅의 무게에서 벗어나고 싶어."

그의 목소리에서 느껴지는 슬픔이 나를 아프게 했다. 나는 그를 바라보며 마음이 무거워졌다. 어떻게 위로해 줄 수 있을까 고민하다가, 조심스럽게 그의 곁으로 다가갔다.

"그런 생각은 하지 마. 너는 혼자가 아니야. 우리가 함께 있어." 내 목소리가 떨리지 않기를 바라며, 그의 손을 잡았다. 내 손이 그의 손에 닿자, 조금이나마 안도감을 느끼는 것 같았다.

"가을 하늘을 봐. 저렇게 넓은 하늘처럼, 우리의 가능성도 무한해. 힘든 순간이 지나가면 분명 좋은 날이 올 거야." 내 마음에서 우러나오는 말이었다.

그의 눈빛이 조금 밝아진 것 같아 가슴이 뭉클해졌다. 우리는 서로의 이야기를 나누며, 가을의 쓸쓸함 속에서도 친구의 존재가 얼마나 소중한지를 느꼈다. 옥상에서 바라본 하늘은 우리의 마음을 위로해 주었고, 잔잔한 바람은 새로운 희망을 안겨주었다.

그때, 친구가 내 어깨에 기대어 울기 시작했다. "미안해, 이렇게 힘든 마음을 말해서…" 그는 흐느끼며 말했다. 나는 그를 꼭 안아주었다. "괜찮아. 여기 있어. 언제든지 네 이야기를 들어줄게."

그의 눈물은 슬픔이 아닌, 조금은 가벼운 마음으로 흘러내리는 것 같았다. 우리는 서로의 존재가 얼마나 소중한지를 깨닫고, 그렇게 가을 하늘 아래에서 함께 울고 웃기로 했다.

하늘을 향한 꿈

가을의 첫날, 맑고 푸른 하늘이 나를 반겼다. 나무들은 단풍으로 물들기 시작했고, 바람은 상큼한 냄새를 실어 왔다. 나는 그날, 어린 시절의 꿈을 다시 떠올리게 했다. 하늘을 날고 싶었던 그 꿈.

어릴 적, 나는 아버지와 함께 공원에 가서 하늘을 바라봤다. 아버지는 언제나 나에게 말했다. "하늘은 너의 꿈이 닿는 곳이란다. 언젠가 네가 원하는 대로 높이 날 수 있을 거야." 그 말은 내 마음속에 깊이 새겨졌다.

그날, 나는 하늘을 바라보며 다시 그 꿈을 떠올렸다. "아버지, 저는 아직도 하늘을 날고 싶어요." 작은 소망이 내 마음속에서 피어났다. 나는 이제 성인이 되었지만, 그 꿈은 잊혀지지 않았다.

그러던 중, 나는 친구와 함께 드론을 조종하는 취미를 시작했다. 처음에는 서툴렀지만, 시간이 지날수록 점점 능숙해졌다. 드론이 하늘을 나는 모습을 보며, 나는 마치 내가 직접 하늘을 나는 듯한 기분이 들었다. 그 순간, 어린 시절의 꿈이 조금씩 현실이 되는 듯했다.

가을이 깊어가며, 드론을 조종하는 날들이 계속됐다. 어느 날, 드론이 하늘 높이 날아오르자, 나는 그 아래에서 환하게 웃고 있는 내 모습을 발견했다. "이제 하늘은 더 이상 저 멀리 있는 것이 아니야. 나는 꿈을 이루고 있어!"

이제 하늘은 나의 꿈이 아닌, 나의 친구가 되었다. 가을의 하늘 아래에서 나는 다시 한번 꿈을 꿨다.

언젠가 내가 원하는 대로 날 수 있을 것이라는 희망으로 가득 차 있었다.

그렇게 나는 하늘을 향한 꿈을 이루어가고 있었다. 하늘은 나에게 가능성을 열어주었고, 나는 그 가능성을 믿으며 앞으로 나아갔다. 끝내 해피엔딩으로, 나는 하늘을 날며 새로운 세상을 만나고, 그곳에서 나의 꿈을 펼치기로 결심했다.

하늘이 나의 친구가 되어준 것처럼, 나는 더 많은 사람들에게도 그 꿈을 전할 것이다. 하늘을 바라보는 모든 이들이 자신의 꿈을 잃지 않길 바라며, 그 꿈이 이루어지는 순간을 함께 나누고 싶다.

가을 하늘 아래, 나는 이제 더 이상 두렵지 않다. 꿈은 이루어진다.

하늘

우울할 때 하늘을 보며
마음을 달래기도 한다지요.

기뻐도, 슬퍼도
하늘을 보면 그 모든 게
그저 스쳐 가는 감정일 뿐인 듯합니다.

멈추지 않고
흘러가는 구름을 보고 있자니
하늘도 마찬가지인 듯합니다.

실연의 아픔을 달래 주려 대신 울어주고
화난 마음 가려 앉혀 주려 바람을 불러주고

오늘은 저의 행복을 위해 환하게 웃어주네요.

하늘, 당신은
오늘도 바삐 움직이네요.

새벽 하늘

네 생각에 벌써 며칠 밤을 새웠는지도 알 수 없다

나의 새벽은 짧은 듯 길고
새벽하늘은 언제나 어둡기만 하다

옛날과 비교해 줄어든 저 별들처럼
네가 차지하는 부분도 줄어들었으면 좋으련만

너는 별이 아니라 하늘이었는지
변함없이 나를 가득 채운다

내 그리움은 저 별과 같아
사라질 날도 모르는 채 밝게 빛을 내고

그 빛의 세기는 나를 닮았는지
줄어들 기미조차 보이지 않는다

비

흐린 하늘에서 비가 내려
땅이 젖는 것처럼

너라는 비에 젖어갈 것이며

비가 그쳐도
한참을 비에 젖어 축축한 땅처럼

너라는 비에 젖어 영원히 마르지 않을 것이다

하늘바라기

별보다 더 밝고 정겨운 그늘 아래서
올려다본 하늘이 가을인가 봐
길 잃은 구름들도 입은 옷 간데없고
높은 푸름만 널브러져 있는 게….

물감 흘린 파란 하늘 한복판에서
번져가는 마음이 붓길에 실려
그리고 그려진 너란 한사람
밤이 가고 아침이 와도 맑음이었어….

아름답지 않아도 너란 사람이
어여쁘지 않아도 그 한 사람이

물들인 파란 하늘 중심이라 좋았고

먼 세상 끝, 끝내도 함께라면 좋겠어….

하늘의 밝은 밤

어둠이 닿을 거란 생각은 안해보았는가?

다 아픈 상처는 꿰매도 꿰매도 꿰맬 수 없는데,
그대는 어째서 주삿바늘 내는가?

한참 보아도 반짝인 요정들은
빛에 가려지는구나,

아! 어째서 돌아오지 않는가?
아침은 저물어가는데 그대는 어째서 돌아오지 않
는가?

대체할 자는 많지만,

보여지는건 같지만,

그대는 어째서 보이지 않는가?

내가 밝아서,

내가 밝아서, 그러는가?

하늘고기

겹겹이 밀려 들어오는 흰색 파도
하늘에 펼쳐있는 넓디넓은 바다
그곳에 살고 있는 하늘고기

배고플 때는 별을 먹고
배 아플 때는 별똥별을 싼다

거울이 보고 싶을 때는 소금사막으로 산책을 가고
드라이브하고 싶을 때는 바람을 탄다

구름 스케치북으로 그림을 그리다가
지우개가 필요할 땐 헤엄을 치고
물감을 칠하고 싶을 땐 노을을 기다렸다가

완성된 그림을 수평선에 걸어놓는다

덕분에 많은 사람들이
아름다운 작품을 눈으로 담았다.

꿈길 사이

하늘을 본다
빛나는 구름과
숨쉬는 별들이
꿈으로 안내한다

손에 닿은 꿈과
손에 닿지 않은 꿈 사이에
꿈길이 있다

별들의 꿈은
하늘의 꿈이자
곧 나의 꿈이다

매 순간 최선을 다하기 위해

꿈길을 걷다보면

어느 순간

나 역시 별이 될 것이다

구름의 속삭임

푸른 하늘 위를 올려다보며
생각에 잠겨 있다 보면
구름의 속삭임이 들려온다.
화창한 날에
길을 걷다가도 하늘을 보고
구름이 낀 날이거나
번개가 치는 날에도 하늘을 보며
검게 물든 마음을 바로잡는다

눈이 부시도록 빛나는 하늘이지만
나의 마음까지 밝게 비춰줄 순 없는 걸까
손 닿을 수 없는 저기 어딘가
구름 너머 보이는 하늘에도
내 소망이 닿을 수 있다면.

파란 마음

저 멀리 높은 곳에서
수많은 존재들을 보고 있는 하늘은
오늘도 어김없이 따뜻한 햇살과
파란 마음을 온 세상에 나누어 주며
지상을 덮는다.

끝없이 펼쳐진 구름 위 하늘은
직접 말로 전해주진 않지만
잃어버리지 말아야 할 것을 잃어버린 사람들과
잊지 말아야 할 것을 잊어버린 사람들에게도
그저 멍하니 바라만 보고 있으면
깊은 잠을 선사해 줄 것만 같아
종종 그렇게 하염없이
마음은 하늘로 향한다.

목성

요즘 새벽하늘의 주인공은
너무나 먼 거리에 떠 있는 너
그나마 맨눈으로 볼 수 있어서 다행

1610년에 맨눈으로 널 보며
오페라를 보던 망원경을
직접 개조해서 네 주위의
위성까지 찾아낸
갈릴레오 갈릴레이가
참으로 위대하다는 생각

갈릴레이가 발견한 4개의 위성
지금은 79개의 위성으로

태양계에서는 위성 부자인 너

갈릴레이가 그 위성을 발견하고
그래도 지구는 돈다고
자신의 주장을 뒷받침할 근거를
찾아냈다고 좋아하는 순간은
어쩌면
주류에서 비주류로 밀려난 순간이 아닐까

용기가 필요한 순간이 바로
그래도 지구는 돈다고 확신하는 순간인지도

자신의 발견이
자신을 비주류로 몰고 가는 길이라도
그 길을 인정하는 용기는
아무에게나 있는 것은 아니다

새벽하늘의 너를 보며

17세기 갈릴레이의 위대함을

다시 한번 생각해 본다

미술관

하늘은
세상에서 제일 큰 미술관

매일 새로운 작품이 전시되는
잘나가는 미술관

언제 어디에서나 관람할 수 있는
24시간 연중무휴 미술관

남녀노소 누구에게나 무료인
세상 착한 미술관

가을의 한복판에서

가끔 하늘을 볼 수 있는 여유가 있었으면 한다. 우리가 살고 있는 세상은 경쟁을 요구하는 삶이다. 마치 경주마가 목표 지점을 향해서 질주하고 있는 삶인 듯하다. 다들 서로 더 나은 내일을 위해서 노력과 성장의 과정을 지나고 있다. 물론 그런 우리네 모습이 잘못되었다고 생각하지는 않는다.

다만 무언가 여유롭게 삶을 누리고 만끽해야 할 부분이 빠지고 있다는 생각이 든다. 어렸을 적 백일장에 가서 파란 하늘을 보면서 그걸 주제로 그림을 그리고 시를 짓던 기억이 난다. 그런 순수한 동심의 세계로 돌아가고 싶다는 생각이 든다.

파란 하늘을 형상화하던 유년 시절로 되돌아가고 싶다는 생각이다. 점점 나이가 들수록 상상력과 창의력이 현실이라는 장벽 앞에 퇴색되어 간다는 느낌이다. 유난히 더웠던 여름이 지나고 이제 9월의 가을이 성큼 다가왔다.

이 계절 하늘이 더욱 높고 푸르게 보인다. 책을 읽고 글쓰기 참 좋은 계절이다. 내 안의 것들을 표현하고 싶다는 충동이 든다. 우리네 삶도 하얀 도화지에 그림을 그리는 과정과 같다. 어떤 색으로 칠할지 무슨 주제로 그림을 그릴지는 저마다의 선택과 의도에 의해서 진행돼 간다고 본다.

 삶에서 좋은 생각들만 남기를 바란다. 항상 좋은 일들만 있는 건 아니지만 나에게는 어려움과 아픔이 많았다고 생각된다. 굳이 겪지 않아도 될 일들이 나에게 올 때가 많았던 것 같다. 돌이켜 보면 사람에 의해서 다들 찾아온 불청객과 같은 먹구름 같다. 하늘이 항상 맑은 날만 있는 건 아닌 듯하다. 흐린 날도 있고 비 오는 날도 있고 쾌청한 날도 있고 구름 낀 날도 있다. 이처럼 우리네 삶도 다양한 일들이 내게 다가오고는 한다. 때로는 천둥·번개를 동반한 소나기가 오는 때도 있다.

이런 시기들을 지혜롭게 보낼 수 있는 인생의 혜안이 필요하다고 본다. 인생의 모진 풍파를 거쳐서 사람은 더 성장하고 자란다고 하지 않은가? 더운 여름의 땡볕에서의 시간이 있기에 벼가 익듯이 우리 각자 저마다의 연단의 시간이 있다고 여겨진다. 그 시기를 어떻게 보내느냐에 따라서 다양한 인생이 펼쳐지게 된다.

내일의 일을 알 수 없기에 우리는 무언가 절대자에게 의지하고 기대고 싶은지도 모른다. 인생에서 인연의 영겁 속에서 누구를 만나고 따라야 할지에 대해서 인생의 방향이 달라진다. 좋은 일들이 많이 일어나기를 바란다. 글을 쓰는 사람으로서 하얀 백지를 채워나가는 과정도 우리네 인생과 비슷하다는 생각을 가지게 된다. 무에서 유를 창조하는 우리네 삶을 잘 살아야겠다.

하늘 아래 같은 땅을 밟고 공존하고 있는 이들과 수많은 인연과 사건 속에서 우리는 어쩌면 인생을 살아가는 듯하다. 그 와중에 좋은 일들도 있고 마주하기 싫은 일들도 일어나는 게 사람 사는 삶인 듯하다. 바라는 일들만 일어나는 유토피아적인 삶이란 꿈속에서나 존재하는 듯하다. 삶을 살아보면 우리네 삶이 걱정과 근심덩어리라는 깨달음을 가지게 된다. 그러면서 사람들은 성숙하고 자라나는 듯하다. 지혜와 혜안을 얻게 된다고 본다.

하늘이 가장 높게 보이는 계절이 가을이라고 한다. 요즘은 이상 기후로 인해서 봄과 가을이 짧다. 사람들은 잘못된 행동으로 인해서 자연이 파괴되고 있다. 좋은 계절을 오래 보지 못해서 아쉽다는 생각이 든다. 계절의 여왕인 봄과 가을을 만끽하고 싶다. 일상의 분주함에 쫓겨서 하늘을 쳐다볼 여유가 없다는 마음이다. 다들 성공과 돈을 위해서 내달리고 있다. 만원 지하철 속에 몸을 싣고 한 주 동안 직장이라는 공간에 얽매여서 하루하루를 보낸다. 매달 한 번 들어오는 월급을 보면서 위안을 얻고 있다. 나만의 꿈과 비전을 좇아서 용기 내서 이런 일상을 내던지고 탈피하고 싶다고 해도 이후의 삶이 두렵다. 그냥 남들 다 하는 것처럼 나도 그 무리에 끼어서 동참하고 있는 듯하다. 그러면서 한 살 두 살 나이를 먹어가고 있다. 자기 삶에 만족하고 행복을 느끼고 살아가는 이가 몇 명이나 될까 자문하게 된다. 다들 이런 현실 속에서 순응하며 살아가는 듯하다.

가끔 이 대열에 이탈해서 나만의 삶을 꿈꾸는 이들을 보면서 한편 부러워하기도 하지만 객기를 부린다고 여기면서 다시금 일상으로 돌아간다. 과연 어린 시절 하늘을 바라보면서 새로운 꿈과 비전을 품던 해맑던 우리의 모습은 어디서 찾아야 할까?

파란 하늘의 뭉게구름을 보면서 사람이 죽으면 혹시 구름이 되지 않을까 하는 상상을 한 적이 있다. 그냥 초등학교 체육 시간에 남들 운동할 때 하늘을 보면서 이런저런 생각을 했다. 하늘은 마치 나의 상상 나래를 펼치기에 좋은 도화지와도 같은 그런 존재였다.

지금 40대 중반의 나이가 된 나는 하늘을 보면 아무런 감흥이 오지 않는다. 오늘은 비나 오지 않을까 하는 걱정을 하면서 내가 해야 할 일에 몰두하고 있다. 언제가 비행기를 타고 해외로 여행을 가던 기억이 난다.

상공을 날면서 아래를 보았다. 집과 사람들이 개미처럼 보였다. 참 개미 같은 이들이 아등바등하면서 살아가고 있다고 생각했다. 비행기가 일정 고도를 넘어서 궤도권에 진입했다. 구름 위를 날아가는 비행기를 보면서 마치 내가 신선이 된 느낌이었다. 바둑이라도 두면서 절대자의 자리에 앉고 싶다는 생각이 들었다. 입신한 경험이었다. 황홀했다. 구름 위를 날고 있는 나 자신이 참으로 경이로웠다. 귀속에 음악을 들으면서 목적지를 향했지만, 이런 과정들이 여행의 즐거움을 올릴 수 있다고 여겨졌다.

 아마 이제 하늘을 보면 어릴 때의 감수성은 떠오르지 않을 것이다. 그래도 하늘을 보면서 가끔 동심의 세계로 떠나고 싶은 마음이 들 때가 있다. 어른이 되어간다는 건 어떤 과정일까? 물론 성숙하고 사회의 시스템을 알고 사회인이 되어가야 한다는 숙명을 지니고 있다. 한가롭게 하늘 타령이나 하면서 있기에 세상은 우리를 가만히 놔두지 않는다.

끊임없는 일들과 사건들이 우리를 지나가고 있다. 그러면서 세상 때가 찌든다고 점점 세속화 되어가는 우리를 발견하게 된다. 그러면서 체념하게 될지도 모른다. 삶이란 그런 거라고 말이다. 맞다.

나 역시 여러 사람과 다를 바 없는 하나의 사람이다. 하늘을 보고 감격을 하고 마음이 찡해야 잘살고 있는 건 아니다. 얼마 전 추석에 달이 뜬 하늘을 보았다. 슈퍼문이라는 말처럼 내 방위에 둥실둥실 떠 있는 달을 보면서 참으로 아름답다는 생각이 들었다. 전달을 보면서 소원을 빌었다. 건강하게 잘 지낼 수 있기를 말이다.

우리네 삶은 무슨 일이 일어날지 모른다. 때로는 거친 풍파에 견뎌내야 하고 순풍에 돛단배처럼 평탄한 삶이 펼쳐지기도 한다. 어떤 삶이든 그 속에서 가치와 의미를 발견하면서 앞으로 나아갔으면 하고 바라고 있다.

인생살이가 그리 쉽지 않다. 녹록지 않다. 인간관계도 그렇고 사회생활이라는 게 내 맘 같지 않다. 그러면서 때로는 과거를 추억하면서 지난 시간을 되돌아보면서 나름 즐거웠던 때라고 회상하는 듯하다. 아직은 살아갈 날이 많이 남았기에 내 인생에 대해서 뭐라 평가하기 어렵다. 이 인생이라는 소풍을 마치고 잘 살았다는 한마디가 하고 싶다는 마음이 든다. 그러면서 나는 오늘도 길을 나선다. 언제나 내 머리 위에 있는 하늘을 가끔 쳐다보면서 말이다.

풍선

너를 이제는 놓아 줄게
기분 좋은 날에는 축하해주기 위해
같이 기뻐하기 위해 너를 찾고
슬프고 화날 때는
그 감정을 너에게 풀기 위해
꼭 안으며
'펑', '펑' 소리를 들을 때까지
감정을 풀기도 했어.
내가 눈 깜짝할 사이에는
하늘로 높이 높이
내가 잡을 수 없게 올라가기도 하지
나에게 많은 감정을
일깨워주는 알록달록한 풍선아

내가 너를 놓아줄게
저 하늘 위로 올라가
푸른색 위에
너의 색을 그려줘
하늘을 볼 때
너를 생각할 수 있게

하늘을 보면

하늘을 우러러보면
무엇이 보이나요
가족, 친구, 애완용 등등
다양한 인물들이 떠오르지요

하늘을 우러러보면
저 하늘 위에는
누가 살고 있는지 궁금하기도 하다

그 하늘이

어떤 날은
하늘만의 청량함과 깨끗함으로
따뜻한 사랑을 나눠 주는
아낌없이 주는 선물이고

어떤 날은
하늘가에 수많은 내 꿈이
꽃 피우는 이야기를 하며
그 꽃은 희망이 되고

어느 하루
거센 바람이 나를 스친 날은
내 지친 시간 들

맑은 하늘에 잠시 쉬어가며
한줄기 위로가 되고

높고 청명한
구름 한 점 없는 하늘 숲에
미소 품은 낮달이 빛나고

더 넓어 보이는 하늘은
손 내미는
나를 안아 준다

하늘, 그리움 그리고 너

맑은 오후
창가 자리에 앉아 하늘을 바라본다
한층 깊어진
푸른 하늘이 보이고
푸른 하늘 아래 푸른 바다가 보이고

구름 한 점 없는 푸른 하늘을
너와
한 걸음 한 걸음 거닐어 본다

하늘과 바다가 마주하는 바람에
마른 줄 알았던 내 오랜 그리움이
다시 자라나

노을 진 한없이 다정한 하늘에게
찬란하고 순수한 하늘에게
시리도록 눈부신 하늘에게
묻는다

여전히
너는 나를
그리워하는지

산에서 바라 못 파란 하늘

산에 올라가 본 지가 언제인지 아득하다.
산에 올라가는 게 이제 어렵게 되어버린 지금

그렇지만 산에 정상에 올라간다고 해서
그게 등산의 묘미는 아닐 것이다.

산 정상이 아닌 산책로를 걸어가며
올려다본 파란 하늘도 멋있었다.

하얀 구름과 아주 맑은 파란 하늘이 만들어내는
자연이 만들어낸 마치 스케치북에 그려놓은
듯한 풍경

파란 하늘 그리고 하얀 구름이 만들어내는
자연의 이치에 의해 만들어지는 거지만
언제 봐도 감탄할 수밖에 없다.

맨발 걷기를 하면서 산책로를 걸으면서
파란 하늘이 주는 즐거움 그리고
자연이 나에게 주는 선물이지 않을까?
다음 달도 목표를 향해 달려 보자.

하늘이 주는 산물

이제 한참 더웠던 여름이 지나가고
이제 겨울이라는 녀석이 곧 올 거라고
알려 주는 거 같은 가을이라는 계절

그 가을이라는 계절과 함께 선물처럼
같이 오는 아이가 하나 있지요
그건 파란 하늘이지요

가을에 하늘은 왜 그렇게 선명하고
또렷하게 잘 보일까요?
봄여름 가을 겨울 이 4계절마다
보이는 건 파란색의 하늘은 같은데

이 가을에 오는 파란 하늘은 더 예쁘고
이 파란 하늘과 함께 바람도 아주 세게
불지도 않고 천천히 바람이 불고
이런 바람이 불 때 산책로나 아니면
벤치에 앉아 있거나 혹은 잠시 누워서
있으면 아주 시원하게 바람이 불어와서
땀으로 젖은 모를 식혀 주기도 하지요

이제 파란 하늘은 지금까지 더워서
힘들었다면 이제 잘 견뎌 냈다고
파판 하늘을 선물로 준 게 아닐까요?

당신은 오늘도 열심히 살았고
직금도 열심히 살고 있고
지금도 당신은 충분히 질하고 있다
이렇게 긍정적인 마음을 가지고
살아갈 수 있는 힘이 생길 것입니다.
더운 여름아 잘 가 내년에 또 만나자.

하늘의 작물

한 뿌리
두 뿌리
당신께 기어갑니다

구름이 하늘에 머무르는 동안
나는 목을 뒤로 젖히고
당신께 묻습니다.

저는 어디서 시작되었나요
저는 왜 존재하나요
영원한 가뭄은 없는 건가요

당신의 사랑을 이해하지 못해서

헤엄도 쳐보고

날아도 봤는데

고개를 숙이고서야

내가 심긴 곳이 흙이라는 것을 알았습니다.

당신이 심은 곳이라면 어디든

첨예한 뿌리를 내리고

터를 굳히겠습니다

하늘

너는 하늘이다

비록 너의 가슴 속 밤새 내린 싸리눈이
온갖 태어나려는 것들을 새하얗게 얼리고

창백히 질린 무표정의 얼굴에는
겁이라는 희부연 침전물이 떠다니는 두 개의 눈동자

또 너의 깃, 그것은 짐짓 고귀한 흰 빛을 띠었으나
한낱 검은 속내를 감추기 위한 그럴싸한 포장지가
아니냐

그럼에도

그럼에도 너의 가슴 속
살아 숨 쉬는
작지만 선명한
파랑

그걸로 되었다
너는 하늘이다

나의 하늘

유난히 맑은 하늘에
마음을 담아 보내면
하얀 나비가 되어 하늘을 유영한다.

날갯짓이 된 누군가의 목소리는
세상을 물들이며
해와 달 그리고 별을 그린다.

하늘에도 꽃이 핀다.
나는 어떤 하늘을 갖고 있을까?

하늘에게 전하는 안부

그리움이 쌓여서 붉게 물듭니다.
슬픔이 모여서 처량하게 내립니다.

너무 높아서 닿지 못하고
너무 넓어서 용기 내지 못합니다.

하늘길 없어 차마 전하지 못한 안부

잘 지내시나요?
잘 지낼게요.
보고 싶어요.

가
을

당신께 보내드리는 편지

그 여름 내내, 누구나 뜨거웠었던 열정을! 태양 빛보다 더 강렬히 불태워 없애 버렸을 그날을 뒤로하고, 이제! 끝나지 않을 거라 생각이 들었던 가을이 드디어 우리의 품으로 돌아오고 있습니다. 잠시 머뭇거렸던 생각과 그동안 행복에 안도를 놓쳤더라면 이번 가을에는 우리 모두가 안식의 계절을 보내었으면 하는… 나 또한 한 걸음 두 걸음의 가을을 만끽할 테니 당신 또한 우리가 될 때까지 그 계절의 단상을 좀 더 나를 위해 부디, 오직 그대만을 위하여 온전히, 바르게! 쏟기를…. 이윽고 가장 정적인 계절의 가을! 더 뜻깊었던 나날, 나날, 삶 속의 추억 작인 일상 보다, 이번 가을에는 꼭! 꼭! 당신을 한번 돌이켜 보며, 다독여주는 그런! 아름다운 청

춘의 필름을 잘 간직해 보길, 나아가 앞으로의 조금 지친 삶에 있어 소중한 온기가 되길! 이렇게 이번 가을도 부스러진 낙엽길을 걸으며 당신께 이 두 손의 아름다울 마음의 편지를 올립니다.

웃음과 행복 가득할 9월

더위도 물러가고

이제 제법 가을다운 가을이 왔습니다

10월도 이렇게 성큼 다가 왔습니다

미뤄 두었던 웃음도, 꺼내지 못했던 행복도

10월에는 모두의 웃음과 행복만이 가득 차길 바랍
니다

가을바람

선선한 바람에 대숲에
바람이 일 듯
살짝 마음이 설렌다

그대를 만나러 가는 길
예쁜 바람 소리처럼
나풀거리는 낙엽의 손동작에

살며시 웃는다
잔잔히 물드는 낙엽을 보니
괜스레 마음이 포근해진다

파란 하늘 위에서

예쁜 꿈을 꾸는

저 뭉게구름처럼.

사계절 생각 나는 사람

봄을 닮아 따뜻했고
여름 닮아 웃음 났으며
가을처럼 다정했었던

겨울처럼 포근했던 사람
사계절 모든 시간
처음 같은 그대 모습
한결같은 그대를 눈에 담는다.

모두에게 전하는 위로

잘하고 있는 거예요
질문은 끝없이 이어지고
이 길이 맞는 걸까 생각될 때가 있지요

생각은 자신을 지치게 하고
마음속은 장마인데
울 힘조차 없을 때도 있지요

조금 더 버티려 했지만
버틸 힘이 없을 때도 있겠지요
하지만 잃어버렸던 자신의 자유를 찾아서

행복했었던 자신을 찾아서
이겨내 보는 거예요
현실적인 조언 보다 가만히 지켜보아 주는 것

힘내라는 말 보다 묵묵히 응원해 주며
잠시만 쉬어가면 금방 괜찮아질 거예요
빛도 어둠도 모두

모든 걸 내려놓고 바라보아요
아침이 올 때까지 쉬어가요
봄, 여름, 가을, 겨울,

모든 사계절을 사랑해 주며
앞으로 나아가는 거예요
시간이 우리에겐 큰 약이 될 테니까요

가을냄새

숨이 턱 막히는 공기가 어느새 없어지고, 달큰한 냄새가 난다.

오지 않을 것 같던 서늘한 바람이 불어오고, 내 마음에도 여유가 생긴다.

'아 왔구나.'

그것을 나는 가을 냄새라 부른다.

Remember

해마다 가을이 되면 생각나는 사람이 있다.

아무 조건도 없이 나를 진심으로 사랑해 주었던 사람

태어나서 다시는 이런 사랑을 못 받을 것 같다는

생각을 하게 해 준 사람

지금은 기억조차 희미해져 가는 날들이지만

그 온기와 분위기는 잊혀지지 않는다.

매년 가을은 돌아오니까.

낙엽이 떨어지는 클로버 들판

햇살 가득 꽃밭에

피어난 토끼풀,

선선한 바람이 불기

시작해

두 발을 딛고

자리에

멈춘다

솔솔 부는 바람 소리와

풀꽃 엮은

클로버 하나만을

들고서는

저

낙엽이 떨어지는

가을 들판….

웃음소리로 모두의 노래가 되기를

그대에게 수놓고 싶네

가을 하늘에 노을이 노랗게 수놓듯이
그대의 마음속에 나를 물들이고 싶네

가을날 빨갛고 노랗게 물든 단풍잎이 우수수 떨어
지듯이
그대의 발길 닿는 곳곳마다 그대를 향한 내 마음을
수놓고 싶네

가을 햇살만큼 따스한 그대의 온기와 관심으로
텅 빈 내 마음을 수놓고 싶네

가을 해 질 녘에 하늘과 강가에 노을이 수놓듯이
그대 머무는 그곳이 어디든 나를 수놓을 수 있기를

내 마음의 그대에게 아름다운 노을처럼

수놓고 싶네

툭

여름을 툭 치며 말한다

나와

스며들기

당신이 느려질 때
걸음을 늦추고

숨 닫히는 문을
당신의 속도에 맞춘다

빠르게 달려 지친 우리를
가을바람이 달래주듯
잔잔히 스며들기

너의 계절

또 일 년이 지나고 너의 계절이 왔다. 너의 찬란하고 아름다웠던 그 웃음을 다시 볼 수 없다는 사실을 다시 한번 깨달았다.

나뭇잎이 옷을 갈아입으면 항상 너는 내 손을 잡고 그 길을 달렸다. 한참을 달리다가 멈춘 곳은 단풍과 은행나무가 무성히 자란 자리였다.

우린 올해도 함께 사진을 찍는다.

그날따라 평소와 다르게 더욱 들떠 있던 네가 나에게 말을 걸었다.

"만약 내가 이 세상에서 사라져도 나 기억해 줄 거야?"

"그게 무슨 소리야? 나는 널 따라갈 거야."

"그냥 궁금해서, 혹시나 해서 말인데, 내가 죽는다면 넌 더 열심히 살다가 와."

 이 말을 끝으로 얼마 뒤 너는 나를 떠났다. 당장이라도 따라가고 싶었지만, 너의 마지막 소원을 이루기 위해 참고 열심히 살아간다.

 네가 세상을 떠난 지 또 일 년이 지나고 너의 계절이 돌아왔다. 올해도 나는 우리가 항상 함께 가던 그곳으로 갔다.
이제는 너의 찬란한 웃음을 볼 수 없지만, 이 "가을"이란 너라고 생각하려고 한다.

"나는 또다시 너를 기억하며 내년을 기다린다."

가을 사랑

훌쩍 찾아와
짧은 순간
훔쳐버린 마음이
날 위한
너의 선물이었을까?

그리움이란
그리움으로 남겨두고,
아쉬움이란
다 하지 못한 미련이고,
사랑이란
알기도 전에 끝났다.

짧은 시간
너와의 모든 순간이
추억이 되고,
너의 아름다웠던
한 마디는
"또 올게."

너는
가을이라는
나의
첫사랑의 가져간
유일한
계절이었다.

나의 가을

그해 가을, 나의 유일한 엄마가 세상을 떠났다. 가을이 끝나갈 때까지만 살고 싶다던 엄마는 가을이 시작할 때 호스피스 변동으로 들어갔고, 지난해 내가 만든 낙엽 책갈피를 손에 쥔 채 잠에 빠지셨다. 한 번도 일어나지 못했던 엄마는 마지막으로 잠에서 일어나 말했다.

"저한테 딸이 있어요. 오면 엄마가 인사를 못하고 가서 미안하다고 전해주세요. 그리고 사랑한다는 말도 꼭 전해주세요. 아빠와 함께 항상 지켜보고 있을 테니 행복하게 지내라고. 부탁드려요."

나를 잊어버린 엄마에게 나는 어떤 모습이었을까? 엄마는 나의 대답도 듣지 않고, 그렇게 영원한 잠에 들었다. 아직 따뜻한 엄마를 붙잡고, 한참 울었다. 이제 가을은 슬픈 계절이 되었다.

"은영 씨? 무슨 생각해?"

"언제 오셨어요? 이 과장님!"

"은영 씨 보니까 가을이 시작되었구나."

"그런가요?"

이제는 웃으면서 말하지만, 처음 몇 해는 가을만 되면 우울해하는 나를 위해 사무실 모든 직원이 우울해했다. 제대로 집중하지도 못하는 나를 이 과장만의 특유의 개그로 웃겨주기도 했었다. 이젠 세상에 가족이라고는 아무도 없는 내게 이 과장은 언니처럼 이모처럼 챙겨주었기에 겨우 그 긴 시간을 버틸 수 있었다.

"은영 씨, 몇 살이지?"

"저요? 이제 서른하나요."

"벌써 그렇게 되었어? 여전히 24살 대학생 모습 그대로인데, 많이 늙었네."

"그렇죠."

"연애 안 할래?"

"연애요?"

연애라, 대학 시절 1년 사귄 남자 친구는 군대를 가더니 연락을 끊어버렸다. 아마도 그게 마지막 연애인 듯하다. 그 이후로 연애에는 관심이 생기지 않았다. 아니 그럴 정신이 없었다는 것이 맞을 것이다.

"어때?"

"싫어요. 지금은 이대로가 좋아요."

"그래?"

"네."

"그래. 은영 씨 마음이 제일 중요하니까. 언제든 마음 바뀌면 말해."

"네."

이 과장은 더 이상 내게 아무 말도 하지 않았다. 평소와 다름없이 가을이 오면 일찍 퇴근하라는 말로 나의 슬픔을 위로해 주는 것으로 대신했다. 집으로 돌아가는 길. 부모님이 계시는 하늘공원으로 향했다. 엄마, 아빠가 좋아하는 예쁜 꽃도 샀다. 하얀 국화꽃은 싫다며 색색의 국화꽃을 사 들고 들어간 하늘공원에는 미리 온 손님이 있었다.

"누구세요?"

"아, 저는 오윤호 선생님 제자였던 류지희입니다."

"제자?"

아빠가 돌아가신 게 벌써 10년이 넘었다. 아빠는 고등학교 선생님이셨다. 국어 선생님이셨던 아빠는 시인이기도 하셨다. 한 편의 시집으로 끝나기는 했지만, 아빠의 시집은 영원한 나의 베스트셀러다.

"네, 졸업하고 몇 번 찾아뵈러 갔는데, 이제야 인사하네요. 아버지 덕에 대학까지 무사히 마치고, 지금은 선생님을 하고 있어요."

"안녕하세요. 저는 딸 오은영이에요. 처음 뵙겠습니다."

류지희라고 소개한 그녀는 내가 부모님께 인사를 하는 동안 뒤에서 조용히 기다렸다. 마치 내게 할말이라도 있는 것처럼 보였기에 내버려두었다. 인사를 마친 내가 몸을 돌리자 그제야 내게 다가와말했다.

"많이 컸네요."

"네?"

"저한테 편지 보낸 거 기억 안 나요?"

"편지요?"

지희라는 그녀는 내가 초등학교 시절 자신에게 주
기적으로 편지를 보냈다고 했다. 그때 그녀가 고등
학생이었다면 아마도 나보다는 족히 10살은 많다
는 것이다. 그때 내가 편지를 보냈던 언니. 그게 이
사람이란 말인가? 아버지의 부탁이었다. 길을 잃은
언니가 있는데, 내게 집을 찾을 수 있게 친구가 되
어주라고 말이다. 당시 나는 삐뚤삐뚤한 글씨로 편
지를 썼다.

[언니, 길을 잃었을 때는 가만히 그 자리에 앉아 있
어야 해. 그래야 엄마랑 아빠가 찾아오지]

나의 짧은 글에 언니의 진지한 답장이 왔다.

[그렇구나. 그런데 언니 엄마, 아빠는 바빠. 그래서
안 와]

나는 다시 답장을 보냈다.

[그러면 112에 전화해. 집에 데려다 달라고 해]

그런 식으로 짧은 편지를 주고받았던 언니. 그게 바로 지희 언니, 이 사람이었구나 생각하니 새롭다. 당시 우리의 우스꽝스러운 편지는 무려 2년이나 계속되었다. 마지막 언니의 편지를 받았을 때가 생각난다.

[덕분에 집을 찾았어. 고마워]

언니의 마지막 편지를 들고, 아버지에게 자랑했던 기억이 난다. 초등학교 2학년인가 3학년 때였다.

"아! 그때 그 편지가 언니…, 세요?"

"응. 보고 싶었다. 네 덕에 선생님이 되었어. 무사히. 고맙다."

지희 언니와 연락처를 교환하고 집으로 돌아왔다. 그녀는 조만간 서울로 전근을 온다고 했다. 아빠와 같은 학교에 들어갈 것 같다고 했다. 지희 언니와의 교류는 나에게 새로운 활력소였다. 43살의 언니는 이제 중학생이던 딸과 고등학생 아들이 있었다. 두 아이를 데리고 나의 집으로 와 내 영혼을 쏙 빼

놓아서 처음 나의 가을이 부산스러웠다. 언니의 신랑과 주말 부부가 되었다며 우울해하던 언니는 나의 집 위층으로 이사를 왔다.

"은영아, 밥 먹었어?"

"아뇨."

"나도 못 먹었는데, 같이 먹자."

"네."

언니는 매일 같이 저녁을 나와 함께 했다. 하루 동안 있었던 학교에서의 사건·사고는 마치 나의 일과처럼 즐거웠고, 나의 회사 스트레스는 마치 언니의 스트레스인 양 화를 냈다. 내게 가족이 생긴 것 같았다. 방학이면 놀러 오는 두 아이와도 친해져 언니가 바쁠 땐 셋만 여행을 갈 때도 있었다. 아빠가 만들어준 인연이 나를 살게 했다.

오늘 아침은 유독 기분이 좋지 않다. 오늘은 엄마의 기일이다. 지난 주말 언니와 함께 간 하늘공원에서 엄마의 사진을 바꿨다. 언니는 부부는 따로 있는 게 아니라며 합장을 해주었다. 덕분에 납골당 안에 사진도 마지막으로 찍은 가족사진과 엄마, 아빠의 사진으로 바꿔 두었다. 언니의 딸에 선물로 받은 예쁜 미니어처도 넣어두었다. 그렇게 꾸미고 돌아왔지만, 당일이 되니 기분이 좋지 않았다. 그때 언니의 전화가 왔다.

"은영아, 점심때 시간 돼?"

"왜요?"

"나 지금 너네 회사 앞에 잠시 볼 일이 있어서 나왔는데, 점심 약속하신 선생님이 갑자기 못 오신다고 하시네. 식사는 2인분이 예약되어 있고, 혼자 가서 먹기엔 뻘쭘하고…, 너 시간 되면 같이 먹자."

"저……, 음, 알겠어요. 잠깐 시간 될 것 같아요."

언니가 처음 부탁하는 거였다.

"이 과장님, 저 2시간 정도 개인적인 외출 좀 해도 될까요?"

"바쁜 일은 다 끝났어? 오늘 보고서 올려야 하잖아."

"보고서는 이미 메일로 보냈어요. 오늘 일은 제가

들어와서 마저 할게요."

"그래, 자기 일 미루지 않는다고 한다면 외출이야 뭐, 다녀 와."

"네. 감사합니다."

회사 입구에서 언니를 만났다. 언니는 늦었다며 서둘러 내 손을 잡고 식당으로 향했다. 과연 선생님들끼리 이런 멋진 레스토랑을 올까 싶을 정도로 화려한 곳으로 들어섰다. 종업원은 언니의 이름을 듣고 예약된 방으로 안내했다.

"오늘 누구 만나길래 이런 곳에서 밥을 먹어요?"

"누구라 하면 네가 알아? 그냥 여긴 손님이 예약해 준 거야. 그러니까 우리는 즐기기만 하면 돼."

"뭐. 네."

"거짓말 아니죠?"

"내가 거짓말 해서 뭐해?"

우린 맛있는 점심을 먹었다. 그리고 돌아가기 전 언니는 내게 책을 하나 선물했다.

"많이 낡았지? 이거 네 아빠가 내게 선물로 주신

거다. 나는 이 책과 네 편지 덕에 살 수 있었어. 꿈도 이룰 수 있었고 말이야. 이젠 언니는 필요 없어. 너 줄게."

"네?"

영문을 알지 못해 답도 못했는데, 언니는 가고 없었다. 내 자리로 돌아와 밀린 업무를 처리하고 급하게 책 등을 집어 들었을 때 그 속에서 사진 하나가 나왔다. 내가 언니와 편지를 주고받던 시절의 사진이었다. 그리고 뒷장에 이렇게 적혀 있었다.

[나의 수호천사]

언니의 수호천사가 나라니. 왠지 뭉클한 순간이었다. 늦은 8시. 유독 집으로 돌아가는 길이 피곤하고 지쳤다. 다행히 내일은 주말이라 늦잠을 잘 수 있다는 게 그나마 위로였다. 그런데 당연히 어둡고 차가울 집이 환한 불과 함께 맛있는 냄새가 났다.

"언니에요?"

"왔어?"

나는 울고 말았다. 언니는 늦게 퇴근한 날 위해 맛

있는 저녁을 차려두고 기다리고 있었다. 마치 엄마처럼 말이다. 그 사이 몇 번이나 국을 데웠는지 조금은 짜신 국물을 마시는 데 눈물이 나왔다. 울먹이는 날 가리기 위해 푹 숙인 고개가 더 내려갔다. 언니는 그런 날 눈치채고도 아무 말도 하지 않고, 오래전 나의 부모님과 함께 먹은 저녁이 생각난다며 그때 이야기를 해줬다. 그리고 내 옆으로 와서는 나를 안고 말했다.

"나의 수호천사가 우네. 이젠 언니가 너의 가족이 되어줄게."

언니는 나를 안고, 함께 울어주었다. [가족]이라는 두 단어가 나를 행복하게 해 주었다. 이젠 나의 가을도 쓸쓸하지 않을 것 같다. 가을이 시작되는 달은 하늘을 보며 원망하고 울었던 과거는 이제 과거로 남을 것이다. 나의 가을 하늘은 쭉 맑을 테니.

그곳에

당신이 떠난 그곳에

나마저 떠난 그곳에

사랑만이 남겨진 그곳에
단풍잎이 흩날릴 때

시간이 된다면
한 번만 들려주시오

떠난 줄 알았던 내가
당신을 반길 테니

희망이란 바람으로

코끝에 실린 바람으로

마음 한쪽에 피고 지는 계절이 오면

작고 소소한 하루의

한 부분 같기도 하고

때론 그 바람이

마음 한편 위로가 되기도 해….

나에게 달려온 희망이란 바람이

계절처럼 잊지 않고 다가왔는데도

나도 모르는 사이에 놓친 경우가 많아서

아쉬워 잠시 화가 나기도 하고

잔뜩 속상할 때 많이 있거든….

좋아하는 가을이 와도

반겨 주지 못할 마음이라면

빠른 걸음으로

지나가길 바란 마음 될 거야….

그럼 다시 또 1년을 기다려야 하는 거니까

쉽게 포기하진 마….

어려운 걸음이겠지만 멈추지도 않고

마음 하나 생각 하나 잡아주며 걷는다면

오를 수 없는 곳이어도

 갈 수 있는 용기가 생겨난 거잖아….

누구나 처음은 있고

부족하게 느껴지는 두려움도 많아….

무엇이든 괜찮으니까

숨 쉴 멍 하나쯤 만들어 보는 건

어떨까 하고 잠시 생각을 해봐….

가을엔 사랑

바람 부는 날 흔들리지 않고
비 내리는 날 흘리지도 않을
너와는 사랑만 한다. 그런 나였다.

보이는 것 모두가 네 모습 같고
들리는 것 하나도 네 목소리고
닿을 때마다 너고
담을 때마다 너다.
나와는 좋다고만 했다. 그런 너였다.

바람 속에 피어난 가을꽃들이
번져나간 하늘에 피어나기를
곱고 고운 사람도 남아주기를

너만 보며 좋아서 사랑만 한다.

너를 알면 알수록 깊어만 간다.

가을이 찾아오고 있다

뜨거웠던 여름이 지나고 서서히 가을이 오는 중이다. 가을에는 어떤 일들이 찾아올까 기대 반 걱정 반이다. 가을이 되면 여러 각지에서 축제들과 나뭇가지에서 떨어지는 낙엽들과 가을야구가 시작된다. 가을이 얼른 왔으면 좋겠다.

독서의 계절

가을에는
경치 좋은 곳에서
낙엽 떨어지는 소리와 함께
독서를 하고 싶다.

쓸모없는 낙엽

가을이 지나면 낙엽은 나뭇가지에서 떨어지면서 사람들에게 낙엽은 밟히고 만다. 마치 내 인생과 같다. 나도 조금씩 조금씩 나아가려고 하면 가장 가까운 부모한테 밟히고 말다. 나와 낙엽은 친구와 마찬가지다.

삶

분홍빛 눈꽃이 흩날리는 찬란한 봄날에도
내 눈물은 구름 되어 천둥으로 가득 차
먹구름이 요동치면 번개마저 숨죽여 울었네

초록으로 빛나고픈
내 작은 숨결을 끝끝내 붙잡고
슬픔에 먹혀버린 사슴 같은 눈망울은
메마른 땅에서 한 방울 물을 찾아
어둠 속에 수천 개 발을 뻗어본다

높은 하늘 아래 짙은 녹음이 벌겋게 빛나고
무르익은 열매가 가지 아래 땅까지 닿으면
이만하면 충분하다.

이제는 내 겨울을 편안히 맞으리라.
여유로운 미소로 열매를 맺는다.

내 삶의 가을. 중년 그 어느 날.

가을 그늘

오늘 아침 햇살 따라 들어오는 가을 향기를 보았나요?

뜨거운 태양 아래 땀방울이 나를 감쌀 때, 달려가 쉴 수 있는 그늘은 어디인가요?

당신도 누군가에게 가을볕에 달려가고픈 그늘인 적 있었나요?

그리움을 잔뜩 머금은 선선한 바람에 실려 온 익숙한 향기
코끝에 성큼 다가온 가을바람에 무심코 속삭인 한마디
한숨 따라 내려다본 낙엽 위에
곱게 내려앉은 너의 이름.

붉은 낙엽의 취기

가을 붉은 낙엽
물잔 위로 떨어지니
물은 와인이 되고,
잔은 보르도가 되었네.

가을 취기에 절은
낙엽들 사이로 살며시
들어가 누워 본다.

가을 거리 위에 수놓인
붉은 낙엽인 양
나를 수놓아 본다.

이제서야 기억난다.

나는 가을을 사랑했었다.

소설에서 쓰는 시

여름의 출구,
대서를 지나 도착한 곳
입추,
가을의 입구.

처서를 거쳐서
백로로 가 이슬을 먹고,
서리를 맞는다.

그러다가 겨울의 입구,
입동을 지나 소설에 다다르면
문득 이런 생각이 든다.
나는 왜 시를 쓰고 있나.

살며시 눈을 뜨니
낙엽들 사이에 누워 있는
내가 보인다.

나는 가을을 사랑해야만 한다.

살랑이는 가을

바람 따라 살랑살랑 춤을 추네.
잎마다 붉게 익어가고,
비바람 치면 춤을 추면서
자유롭게 여행을 하지.
그러다가 돌아오면 가지만 남지.

바람 따라 살랑살랑
네 마음도 살랑살랑
어린아이처럼 살랑살랑
귓가에 소리가 들려오네.

온 세상 식물들이
비바람 타고 자유롭게 춤을 추네.

칠흑같이 어두운 밤에도

불빛 따라 속닥이며

온 세상 식물들을 모아 춤을 추네.

단풍

1.

빨간 담쟁이넝쿨
깊이를 알 수 없는
붉은 호수 같아

손가락 두 마디만큼
작은 손
처음 잡았을 때, 떨림
청아하게 깨졌어

밤샌 이슬의 이야기
나는 마치
사랑이 즐거워

반짝이는 유리알 같았어

2.
얼룩덜룩
어설프게 물든
애기단풍 한 잎

흙 놀이를 하고 있었어
나를 보자
자랑스레 미소 지었지

우린
해질녘 옅은 빛을
붙잡고 기뻐했어

그 아이 작은 몸
빛나는 가을을!

서늘바람

운동장을 달리는 어린이처럼 수분기 있는 웃음소리. 이제 찬기가 베기 시작한 어린 바람이 붑니다. 단풍을 말리려면 한참은 더 여물어야겠지만 울려퍼지는 아우성의 기세가 좋습니다. 그렇다고 바람이 시원하다 속으면 안 됩니다. 이런 날 걸으면 그늘에 있어도 피부가 탑니다. 창밖으로 들어오는 바람을 맞으며 마음은 저기 계천을 걷고 있습니다. 그 길을 걸으면서 아버지, 어머니 살아오신 이야기 다 들었습니다. 저는 벌써 부모님께서 부모가 된 나이가 되었고 부모님보다는 열 걸음은 늦게 걸어가고 있습니다. 저 앞에서 손을 흔드실 때 한 번도 손을 같이 흔들어 드린 적은 없습니다. 먼 훗날, 딱 지금 이런 날에 빨래를 개는데 부모님의 옷이 없다

면 손을 흔들 겁니다. 저 앞으로. 초가을 바람에 밤
새도록 웃고 또 울 겁니다. 무표정한 얼굴 한껏 찌
그러뜨려 한껏 칭얼거리면 부모님께 안길 수 있을
지 모르겠습니다. 잠깐 동안 서툴게 마음을 옷장에
넣었다가 꺼냈다가 합니다. 아니 잘 펼쳐서 바람에
계속 날려야겠습니다.

단풍별

단풍잎을 손에 집어 들어 하늘에 갖다 놓으면,
붉은 단풍별이 하늘에 박힐 거야.

고개를 떨궈 땅을 바라보면,
단풍별이 가득한 하늘을 걷게 될 거야.

시선을 정면으로 옮기면,
가을이 너에게로 걸어올 거야.

가을을 믿었다

너를 처음 만난 가을
은행나무 옆에 서서
처음으로 사랑을 믿었다
낙엽이 바스락 밟히는 거리에서
소리 없이 서로 마주 보았다

떨어지는 낙엽과
떨어진 낙엽 사이에서
사랑을 말했다

낙엽 위에 낙엽이 쌓이고
그 위에 눈이 쌓이기 시작했다
그 눈마저 녹아 없어질 때

너도

나도

같이 사라졌다

얼룩

지난 그녀가 꿈에 또 나타났다.

자꾸 와서 잠도 못 자게 만드는 거야,

내 무의식이 불러낸 이 환상 속에서 밤새 헤엄치다 가 빠져버려 허우적거리며 겨우 깨어나던 참이었 다. 6시 40분, 지각이었다.

하, 아침부터 시작이 왜 이래, 투정으로 시작하는 하루라니 썩 유쾌하진 않았다.

그래도 기분 좋게 다려진 하얀색 셔츠에 몸을 넣고 봄에 어울리는 트렌치코트를 주섬주섬 입었다.

그런데 지하철에서 알았지, 흰색 셔츠 왼쪽 가슴에 커다랗게 묻어 있는 빨간 얼룩.

이렇게 빨간데 입을 때는 왜 몰랐지, 근무 내내 입

고 있어야 하는데 계속해서 얼룩이 신경 쓰였다.
사실 어디서 묻었는지 몰라서 더 신경 쓰였던 걸지
도. 의식하지 않으려 해도 자꾸 보이는 얼룩이라니.

지하철 창문으로 비추는 가을의 화창함이 이질적
으로 다가왔다.
아무도 안 볼 텐데 출근 지하철에서 혼자 옷에 힐
끔힐끔 눈이 가고
괜스레 코트 자락을 가져와 가려보며 시선을 바꾸
기도 했다.

그저 작은 얼룩 하나가 맘속 깊이 엄청난 무게로
다가와
커다란 얼룩으로 남은 날, 아니 내 온몸이 빨간 얼
룩으로 덮인 날이었다.

낙화

밤에 내린 여름비
이른 새벽이슬과 맞물려
땅에 떨어지면
가을을 알리는 소리입니다

파란 공기 맑은 하늘
숨을 들이쉬고 내쉬어
진득한 호흡을 하면
가을의 순환이겠지요

사라진 귀뚜라미 울음소리
문득 풀밭에서
그리워 찾고 있으면
가을이 데려온 여름의 부산물이랍니다

원래

밤은 차고

낮은 뜨거운데

밤더러 조금 더 따듯해지라고

낮더러 조금 더 시원해지라고

그리 바라게 되는

가을의 모순을

어찌 미워할까요

가을 소리

가을이 오는 소리를 단풍이 물드는 소리라 하자.
찾아오는 가을 한 움큼 집어 저 멀리 던지니
울긋불긋.

가을이 떠나는 소리를 떨어진 낙엽 쓰는 소리라 하
자.
떠나갈 가을 한 뭉치 집어 하늘 높이 던지니
우수수.

가을 그 끝에서

단풍 물이 저물어가는
가을 그 끝자락 즈음에
숲을 향해 발걸음을 옮긴다.
색이 바래져서 떨어지는 잎들을 보며
지나간 것들에 대한 후회와
선택의 순간에 결정하지 못했던
미련들이 자꾸 떠오르지만
선선하게 부는 가을바람에
함께 털어내어 낙엽과 같이 날려 보낸다

그래도 가슴속엔 다 보내지 못한
흔적들이 아직 남아있는 것 같지만
숲속 부드러운 오솔길을 걸으며
아무런 일도 없었던 것처럼
낙엽이 지는 노을을 바라본다.

입추

벌써 가을이 찾아왔더군요
우리가 맺은 가냘픈 약속의 끈도
금빛 동아줄처럼 헤져가고 있더군요

거리엔 이미 가을빛에 물들여진 가을 쪽지
벌써부터 고개 숙여가면
후에 어떻게 다스리려고
그 후엔 떨어져 버림이 분명한데
대책 없는 하늘의 뜻이
부럽기도 한심하기도 합니다

소복이 쌓인 눈밭 위를 걸어가는
소심한 좁쌀들은

미어지는 것들의 부스럼이 되어가는군요
소심하게 가을을 부르는
실잠자리의 공기놀이는
공중제비하듯 결국 흩어져 버리는군요

우리의 헤진 동아줄이 놓여있던 자리
무엇이 고개를 숙일지
무엇이 미어지게 될지
대책 없는 하늘의 뜻에
우리조차 처량하기도 합니다

1. 문윤희

그 없는 가을

한 남자와 겨울에 만나 겨울, 봄, 여름을 보냈다.
사계절 중 그와 보내지 못한 가을이 오니 가슴이
너무 아프다.
그와 만나며 아슬한 순간도 있었지만 그때 내가 했
던 말은 나를 사계절만 만나보라는 말이었다. 그때
그는 나와 헤어지는 거까지는 생각하지 않았다며
대전 스타벅스에서 내 사과를 받아줬다. 내 생일
무렵 그는 나에게 말했다.

"내가 결혼한다면 너랑 할 거야"

내가 살면서 사귀는 남자에게 듣고 싶던 말을 그가
나에게 해줬다.

너무 좋았고 평소 한국의 결혼 문화에 대해 부정적
이고 아이 생각이 없다고

말하던 그였기에 생각이 바뀐 그의 말은 지금까지
도 정말 고맙고 귀한 말이다. 항상 상상했다.

언젠가 그가 지은 이층집에서 그는 1층 자전거 가
게에서 일하고 난 이층집에서 따뜻한 밥을 준비하
고. 그렇게 살림을 꾸리는 우리를 꿈꿨다. 그렇게
예쁜 꿈을 꿨는데 현실이 될 수 없었다는 생각에
지금, 이 순간이 야속하기만 하다.

2024년 1월 말에 만나 만남을 이어가고 6개월이
조금 넘는 시간 동안 그래도 그 사이 서로에 생일
을 챙길 수 있어 행복했다, 헤어지던 날 그는 나에
게 말했다. 장난스러운 말투로 내가 한 달만 힘들
거라고 했다. 그런데 틀렸다. 이 글을 적기 전날인
어제도 그렇게 엄마 잃은 아이처럼 울었다. 한 달
이 넘었는데 여전히 울고 있고 슬프다. 사귈 때는
꿈에 한 번 나왔을까. 꿈에도 자주 나오고 꿈속 우

리는 그저 아무렇지 않게 데이트한다. 가끔 너무 그가 그립고 보고 싶으면 난 그랑 나눴던 메시지를 읽는데 그때만큼은 사귀는 중인 것처럼 웃는다. 살면서 그에게 먼저 연락이 오면 좋겠다는 간절한 마음을 담아 이 글을 적는다. 서산에서 대전까지 이 마음이 닿을 수 있을까.

이 글을 읽는 누군가 이거 너 이야기 아니냐며 이야기를 옮겨 줬으면 좋겠다.

나는 내 상황이 그를 다시 만나러 갈 수 있는 상황이 될 때까지 다른 남자를 만나지 않을 생각이다. 2025년을 어떻게 지내면 좋을지 요새 걱정이 많지만 내가 사랑하는 사람 앞에 다시 서기 위해서라면 잘 살아야겠다. 그와 다시 만나면 공유할 수 있는 취미를 갖고 싶다. 그가 즐기는 자전거를 타며 건강도 관리하고 예쁘고 멋진 커플이 되고 싶다. 내가 지금 하고 있는 일을 하면서 하나를 얻었다면 전 남자 친구를 만났다는 것이다. 2024년 1월 말부터 8월 중순까지 우리는 연인이었기에 나에 겨울,

봄, 여름을 함께 해 준 그에게 정말 고맙고 많이 사
랑했다고 말해주고 싶다.

떨켜

가을이 천천히 왔다. 게다가 한 달은 더 기다려야 진하게 물든 단풍을 볼 수 있단다. 올해는 가을을 즐길 날이 짧을듯하다. 두어 달 후면 단풍이 하나, 둘 저물 것이다. 빽빽하게 들어선 초록 잎이 빨갛고 노랗게 물들다가 이내 가지만 남는다. 하늘하늘 바람에 흔들리고 또 흔들릴 한적한 나무를 상상한다. 누군가는 쓸쓸하다고 느낄 풍경이 나에게는 한결 홀가분하게 다가온다.

나무는 날이 더 추워지기 전에 가벼워질 준비를 한다. 겨울이 오기 전에 '떨켜'라는 기관을 만들어 두는 것이다. 떨켜는 잎자루와 가지가 붙은 곳에 생긴다. 줄기의 수분이 잎으로 가는 것을 막는데, 이

로써 나무가 스스로 잎을 떨어뜨리는 셈이다. 떨켜 아래에는 보호막이 있어 외부 병균의 침입을 막는 역할도 한다. 혹한의 겨울을 미리 대비하는 지혜다.

시간이 가을의 정점을 향해 내달리면 나도 겨울을 준비한다. 철 지난 옷도 골라내 정리하고, 한 해를 어떻게 보냈는지 점검한다. 새로운 숫자로 맞이하는 내년은 어떻게 살아내야 할지 고심해 보기도 한다. 핵심은 더하지 않고 빼는 것이다. 1년 이상 입지 않은 옷, 절대 바를 것 같지 않은 화장품은 미련 없이 처분하고, 의미 없는 구호 같은 계획이나 목표도 조정한다.

비로소 가을이 오면 애써 무겁게 이고 지고 있던 더께를 털어내고, 내려놓고, 덜어낸다. 더하지 않고 빼기. 조금씩 가벼워지기. 내려놓기. 날이 신선해지면 매년 하는, 반복적인 의식 같은 나만의 가을맞이다. 온몸에 힘을 주고 질주하듯 달리던 일상이,

가을에 접어들어서야 차분해지고 단단해진다. 일
년을 계획하고 시작을 꿈꾸는 봄보다, 열정에 달뜬
여름보다 한 해를 정리하는 가을이 참 좋다. 가을
의 단정한 쓸쓸함이 늘 분주한 마음에 위로로 다가
온다.

시의 계절

시를 쓴다
가을이라서

바람을 쓴다
가을이라서

감성을 쓴다
가을이라서

가을을 쓴다
시인이라서

가을을 탄다
솔로라서...

가을바람

계절은 변해도
바람은 변한 적 없다

뜨거운 너도
차가운 너도

따듯한 너도
시원한 너도

모두 너고
모두 너여서 좋다

계절이 변해도
변하지 않는

너의 모든 모습이
아름답지만

너는 가을옷을 입었을 때가
가장 사랑스럽다

발 빠짐 주의

다음 소식입니다

선선한 가을바람이 불던 오늘 오전

여름에서 겨울로 환승할 수 있는 가을 역에서

이성과 감성의 괴리가 너무나 컸던 나머지

발 빠짐 사고가 발생하였습니다

외로움과 처연함의 구렁텅이에서

허우적대던 A 씨가 겨우 구조되었습니다

여러분도 가을 역에서의 발 빠짐 사고에

주의하시기 바랍니다

가을은 짧기에 더 아름답다

가을은 짧기에 의미가 있다. 긴 여름이 있다. 점점 더 길어지는 여름이 있다. 우리는 늘 현재를 살아가고 미래를 준비한다. 그런 의미에서 길어지는 여름은 우리의 가을을 더 빛나게 한다. 여름 동안 가을을 기대한다. 적당히 시원한 바람을 맞으며 준비해 둔 옷을 입고 걸어가는 나를 상상한다. 나는 한국무용을 전공했었다. 매일 연습했다. 무대에 한 번 서기 위해 긴 준비 과정이 있었다. 그리고 긴 준비 과정은 끝이 온다. 무대에 서야 하는 날이 온다. 그렇게 길게 준비했어도 무대 뒤에 서면 설렘, 두려움, 떨림이 느껴진다. 무대 위에 선다. 무대를 시작하면 모든 감정은 사라진다. 그저 현재에 집중하게 된다. 몸이 가는 대로 내가 연습한 대로 내 느낌대로 무대에 선다. 무대에서 내려온다. 끝이 났다는 아쉬움과 함께 무대에 섰다는 기쁨으로 가득 찬다. 무대가 끝나고 집에 돌아와서야 무대를 돌아볼 여유가 생긴다. 고작 몇 분에 불과한 무대를 하기 위해 그렇게 긴 시간을 준비하는 것이다. 가을도 똑같다. 긴 여름 동안 우리는 짧은 가을을 준비한다. 그 찰나의 아름다움을 위해 준비하는 것이다. 농부는 추수하기 위해 농작물을 가꾼다. 학생들은 다가오는 수능 준비를 한다. 가을이 오기 전 준비하는 과정에서는 설렌다. 그리고 약간은 두렵기도 하다. 그렇지만 우리는 두려움을 이겨내고 현재를 살아야만 한다. 다가올 가을을 위해. 빛나는 가을을 위해. 그렇게 열심히 준비하다 보면 아름다운 가을이 온다. 무대는 하루 종일 할 수 없기에 아름답다. 눈으로 담아야 하기에 아름답다. 가을도 그렇다. 평생을 가을로 살 수 없기에 더욱 소중하다. 가을옷도 사고 가을에 할 일들도 계획한다. 그렇게 설레는 마음으로 가을을 기다린다. 그리고 결국 가을이 된다. 무대에 서면 아무 감정도 느껴지지 않고 집중하게 되는 것처럼 가을이 되면 모든 것 잊고 즐기게 된다. 최선을 다해 가을에 집중한다. 가을은 1년 중 가장 이상적인 날씨이다. 평생을 가을로 산다면 가을의 소중함을 모를 것이다. 가을은 여름이 있기에 더욱 아름답다. 우리는 빛나는 그 순간을 위해 산다.

가을 새벽

이른 새벽이슬 머금은
꽃잎 사이로 한 방울 똑

열린 창문으로
스며드는 차가운 냉기
얼굴 가득 스치고

그렇게 이끌려 창밖을 보니
새소리 정겹게 나누고

오랜만의 가을 새벽
상쾌함에 취해 본다.

큰 한숨 들이키고

조용히 새소리에

눈을 감고

세상이라도 다 가진 듯

새벽을 느껴본다.

가을밤

한참을 헤매었다.
지금쯤 보일 거란 생각
여기저기 하늘만 바라보다
밤하늘 달을 가린 구름 사이
천천히 맞이하는 빛이 반갑다.

어디 갔냐며
왜 이제 오냐며
그렇게 찾아 헤매던 시간
어느새 구름이 걷히고
멍하니 달을 본다.

귓가에 들리는
평화로운 음악
시원한 바람
아름다운 풍경에
녹아들더니

스르르 눈을 감고
큰 숨 한번 들이킨 채
내일을 위한 밤을
지친 하루를 달랜다.

가을 그리고 너

어떻게 지내?
푸름의 계절이 지나
다시 이곳으로 오니
생각이 나네

난 여전히 그곳에서
널 기다리며
이 계절 사이를 맴돌고
가벼웠던 마음이
뭐에라도 맞은듯해

매년 오는 이 계절이
원망스럽지만 그때 그 시절
돌고 돌아 결국 제자리였고

지금은 떨어져 있지만
언젠가 만날 거란
기대감으로 매일 그곳에서
맴돌곤 해

우리 먼 길을 돌아왔지만
마주치면 인사해 줄래?

가끔 하늘을 볼 수 있는
여유를 만끽하자

가끔 하늘을 볼 수 있는 여유가 있었으면 한다. 우리가 살고 있는 세상은 경쟁을 요구하는 삶이다. 마치 경주마가 목표 지점을 향해서 질주하고 있는 삶인 듯하다. 다들 서로 더 나은 내일을 위해서 노력과 성장의 과정을 지나고 있다. 물론 그런 우리네 모습이 잘못되었다고 생각하지는 않는다.

다만 무언가 여유롭게 삶을 누리고 만끽해야 할 부분이 빠지고 있다는 생각이 든다. 어렸을 적 백일장에 가서 파란 하늘을 보면서 그걸 주제로 그림을 그리고 시를 짓던 기억이 난다. 그런 순수한 동심의 세계로 돌아가고 싶다는 생각이 든다.

파란 하늘을 형상화하던 유년 시절로 되돌아가고 싶다는 생각이다. 점점 나이가 들수록 상상력과 창의력이 현실이라는 장벽 앞에 퇴색되어 간다는 느낌이다. 유난히 더웠던 여름이 지나고 이제 9월의 가을이 성큼 다가왔다.

이 계절 하늘이 더욱 높고 푸르게 보인다. 책을 읽고 글쓰기 참 좋은 계절이다. 내 안의 것들을 표현하고 싶다는 충동이 든다. 우리네 삶도 하얀 도화지에 그림을 그리는 과정과 같다. 어떤 색으로 칠할지 무슨 주제로 그림을 그릴지는 저마다의 선택과 의도에 의해서 진행돼 간다고 본다.

삶에서 좋은 생각들만 남기를 바란다. 항상 좋은 일들만 있는 건 아니지만 나에게는 어려움과 아픔이 많았다고 생각된다. 굳이 겪지 않아도 될 일들이 나에게 올 때가 많았던 것 같다. 돌이켜 보면 사람에 의해서 다들 찾아온 불청객과 같은 먹구름 같다. 하늘이 항상 맑은 날만 있는 건 아닌 듯하다. 흐린 날도 있고 비 오는 날도 있고 쾌청한 날도 있고 구름 낀 날도 있다. 이처럼 우리네 삶도 다양한 일들이 내게 다가오고는 한다. 때로는 천둥·번개를 동반한 소나기가 오는 때도 있다.

이런 시기들을 지혜롭게 보낼 수 있는 인생의 혜안이 필요하다고 본다. 인생의 모진 풍파를 거쳐서 사람은 더 성장하고 자란다고 하지 않은가? 더운 여름의 땡볕에서의 시간이 있기에 벼가 익듯이 우리 각자 저마다의 연단의 시간이 있다고 여겨진다. 그 시기를 어떻게 보내느냐에 따라서 다양한 인생이 펼쳐지게 된다.

내일의 일을 알 수 없기에 우리는 무언가 절대자에게 의지하고 기대고 싶은지도 모른다. 인생에서의 인연의 영겁 속에서 누구를 만나고 따라야 할지에 대해서 인생의 방향이 달라진다. 좋은 일들이 많이 일어나기를 바란다. 글을 쓰는 사람으로서 하얀 백지를 채워나가는 과정도 우리네 인생과 비슷하다는 생각을 가지게 된다. 무에서 유를 창조하는 우리네 삶을 잘 살아야겠다.

하늘 아래 같은 땅을 밟고 공존하고 있는 이들과 수많은 인연과 사건 속에서 우리는 어쩌면 인생을 살아가는 듯하다. 그 와중에 좋은 일들도 있고 마주하기 싫은 일들도 일어나는 게 사람 사는 삶인 듯하다. 바라는 일들만 일어나는 유토피아적인 삶이란 꿈속에서나 존재하는 듯하다. 삶을 살아보면 우리네 삶이 걱정과 근심덩어리라는 깨달음을 가지게 된다. 그러면서 사람들은 성숙하고 자라나는 듯하다. 지혜와 혜안을 얻게 된다고 본다.

하늘이 가장 높게 보이는 계절이 가을이라고 한다. 요즘은 이상 기후로 인해서 봄과 가을이 짧다. 사람들은 잘못된 행동으로 인해서 자연이 파괴되고 있다. 좋은 계절을 오래 보지 못해서 아쉽다는 생각이 든다. 계절의 여왕인 봄과 가을을 만끽하고 싶다. 일상의 분주함에 쫓겨서 하늘을 쳐다볼 여유가 없다는 마음이다. 다들 성공과 돈을 위해서 내달리고 있다. 만원 지하철 속에 몸을 싣고 한 주 동안 직장이라는 공간에 얽매여서 하루하루를 보낸다. 매달 한 번 들어오는 월급을 보면서 위안을 얻고 있다. 나만의 꿈과 비전을 좇아서 용기 내서 이런 일상을 내던지고 탈피하고 싶다고 해도 이후의 삶이 두렵다. 그냥 남들 다 하는 것처럼 나도 그 무리에 끼어서 동참하고 있는 듯하다. 그러면서 한 살 두 살 나이를 먹어가고 있다. 자기 삶에 만족하고 행복을 느끼고 살아가는 이가 몇 명이나 될까 자문하게 된다. 다들 이런 현실 속에서 순응하며 살아가는 듯하다.

가끔 이 대열에 이탈해서 나만의 삶을 꿈꾸는 이들을 보면서 한편 부러워하기도 하지만 객기를 부린다고 여기면서 다시금 일상으로 돌아간다. 과연 어린 시절 하늘을 바라보면서 새로운 꿈과 비전을 품던 해맑던 우리의 모습은 어디서 찾아야 할까?

파란 하늘의 뭉게구름을 보면서 사람이 죽으면 혹시 구름이 되지 않을까 하는 상상을 한 적이 있다. 그냥 초등학교 체육 시간에 남들 운동할 때 하늘을 보면서 이런저런 생각을 했다. 하늘은 마치 나의 상상 나래를 펼치기에 좋은 도화지와도 같은 그런 존재였다.

지금 40대 중반의 나이가 된 나는 하늘을 보면 아무런 감흥이 오지 않는다. 오늘은 비나 오지 않을까 하는 걱정을 하면서 내가 해야 할 일에 몰두하고 있다. 언제가 비행기를 타고 해외로 여행을 가던 기억이 난다.

상공을 날면서 아래를 보았다. 집과 사람들이 개미처럼 보였다. 참 개미 같은 이들이 아등바등하면서 살아가고 있다고 생각했다. 비행기가 일정 고도를 넘어서 궤도권에 진입했다. 구름 위를 날아가는 비행기를 보면서 마치 내가 신선이 된 느낌이었다. 바둑이라도 두면서 절대자의 자리에 앉고 싶다는 생각이 들었다. 입신한 경험이었다. 황홀했다. 구름 위를 날고 있는 나 자신이 참으로 경이로웠다. 귀속에 음악을 들으면서 목적지를 향했지만, 이런 과정들이 여행의 즐거움을 올릴 수 있다고 여겨졌다.

아마 이제 하늘을 보면 어릴 때의 감수성은 떠오르지 않을 것이다. 그래도 하늘을 보면서 가끔 동심의 세계로 떠나고 싶은 마음이 들 때가 있다. 어른이 되어간다는 건 어떤 과정일까? 물론 성숙하고 사회의 시스템을 알고 사회인이 되어가야 한다는 숙명을 지니고 있다. 한가롭게 하늘 타령이나 하면서 있기에 세상은 우리를 가만히 놔두지 않는다.

끊임없는 일들과 사건들이 우리를 지나가고 있다. 그러면서 세상 때가 찌든다고 점점 세속화 되어가는 우리를 발견하게 된다. 그러면서 체념하게 될지도 모른다. 삶이란 그런 거라고 말이다. 맞다.

나 역시 여러 사람과 다를 바 없는 하나의 사람이다. 하늘을 보고 감격을 하고 마음이 찡해야 잘살고 있는 건 아니다. 얼마 전 추석에 달이 뜬 하늘을 보았다. 슈퍼문이라는 말처럼 내 방위에 둥실둥실 떠 있는 달을 보면서 참으로 아름답다는 생각이 들었다. 전달을 보면서 소원을 빌었다. 건강하게 잘 지낼 수 있기를 말이다.

우리네 삶은 무슨 일이 일어날지 모른다. 때로는 거친 풍파에 견뎌내야 하고 순풍에 돛단배처럼 평탄한 삶이 펼쳐지기도 한다. 어떤 삶이든 그 속에

서 가치와 의미를 발견하면서 앞으로 나아갔으면
하고 바라고 있다.

인생살이가 그리 쉽지 않다. 녹록지 않다. 인간관계
도 그렇고 사회생활이라는 게 내 맘 같지 않다. 그
러면서 때로는 과거를 추억하면서 지난 시간을 되
돌아보면서 나름 즐거웠던 때라고 회상하는 듯하
다. 아직은 살아갈 날이 많이 남았기에 내 인생에
대해서 뭐라 평가하기 어렵다. 이 인생이라는 소풍
을 마치고 잘 살았다는 한마디가 하고 싶다는 마음
이 든다. 그러면서 나는 오늘도 길을 나선다. 언제
나 내 머리 위에 있는 하늘을 가끔 쳐다보면서 말
이다.

여름 같은 날씨에
가을의 추석을 맞이한다

올해 추석은 유난히 빨리 온 듯하다. 아직 여름이 가시지도 않았는데 추석을 맞이하니 기분이 이상하다. 아직도 선풍기를 돌리고 있고 반소매를 입고 있다. 아침에 산책하러 가는데 땀이 났다. 이상고온인지 점점 가을이 짧아지고 있다. 가을에는 추수의 계절이다. 한해의 곡식들이 익어가는 계절이다. 아울러 각자의 일 년을 한 번쯤은 돌아보는 계기가 되는 시기이기도 하다.

이맘때쯤이며 한해를 돌이켜 보고 얼마 남지 않은 올해를 정리하고 내년을 구상해 보는 시간이다. 항상 지나간 시간에 대한 아쉬움이 가득하다. 좀 더 잘했으면 하고 바라고 다음을 기약하는 듯하다. 가을 같지 않은 날씨 속에 이상한 추석을 맞이한 듯하다. 내일과 모레 비로 인해서 이상고온 현상도 물러간다고 한다.

그동안 가을 폭염으로 지쳐가고 있었는데 단비 같은 소식이다. 매일 글을 쓰고 책을 읽으면서 작가로서 임해야 할 자세에 대해서 유념하고는 한다. 항상 배움에 열린 자세로 임해야 한다. 지식을 수용하는 데 있어서 개방적인 태도를 유지해야 한다. 가장 피해야 할 것이 내가 뭘 좀 안다고 건방을 떨거나 거만한 태도이다. 이러면 그 사람에게 있어서 발전은 없어지게 된다. 낮은 자세로 수용하는 마음을 가져야 한다.

추석 연휴 3일 동안 글을 쓰고 책을 읽고 한다고 계획을 세웠지만 이내 몸이 말을 듣지 않았다. 쉬고 싶고 놀고 싶다는 마음이 나의 의지를 이기고는 했다. TV에서는 추석 특선 영화로 꽤 최신 영화들을 방영해 주고 있었다. 영화를 좋아하는 나에게 거의 다 본 영화였지만 다시 한번 보고 싶다는 유혹을 이기지 못하고 계획과는 다른 시간을 보내고 말았다.

도서관에서 책을 빌려 놓지만 읽다가 만 책들이 수북이 쌓여 있다. 나는 왜 그렇게 책을 읽으려고 할까? 라고 자문을 할 때가 있었다. 지식의 외연을 확장하고 싶다는 마음이 컸던 것 같다. 아울러 직접 경험할 수 없는 분야들을 책으로 간접경험 하면서 성장하고 발전하기를 바랐던 것 같다. 얼마큼 그 바라던 바를 이루었는지는 아직 의문이다. 계속 공부하고 쓰고 싶다.

작가는 글로서 독자들과 소통하는 존재이다. 나는 쓴다. 고로 존재한다는 쓰는 이다. 그러므로 끊임없이 읽고 쓰면서 콘텐츠를 만들어 가는 이가 작가라고 생각한다. 가을 들녘에 농부가 한해의 추수를 위해서 땀을 여미면서 수확하기 위해서 분주하듯이 내 지식의 수확물을 거두기 위해서 매일 고군분투하는 나의 모습이다. 가급적 많은 공모전과 글쓰기 대회에 참가하고자 하고 있다. 그래야 나의 실력을 검증할 수 있고 성과도 얻을 수 있다. 가만히 있는다고 주어지는 건 하나도 없다. 시도하고 두드리면서 도전해야 한다. 그래야 한 걸음 앞으로 나아갈 수 있다.

나의 글이 좋아지는지에 대해서도 사실 나는 알 수 없다. 자신의 글에 대해서 자부심을 느끼고 힘차게 써내려 가야 한다. 그래야 좀 더 나은 내용의 글이 탄생하여질 수 있다. 그러기 위해서 좋은 글을 많이 접하고 여행도 자주 가고 삶의 경험이 폭을 늘려야 한다. 이 가을 나의 글이 벼가 익어 고개를 숙이듯이 알차게 열매 맺기를 바란다. 그것을 위해서 나는 오늘도 자판에 앉아서 두드리고 있다.

어떤 단어를 입력해야 내가 가진 생각과 마음을 잘 표현할 수 있는지에 대해서 고민하면서 임하고 있다. 모든 분야에서 적용되는 하나의 법칙 중에서 양질 전환의 법칙이 있다. 절대량을 늘리면 질은 부수적으로 따라오게 마련이다. 많은 글을 써보고 시도하다 보면 높은 질의 작품을 쓰게 된다. 이를 위해서 인내를 가지고 임해야 한다. 사실 매일 글을 쓴다는데 쉬운 일이 아니다. 쓰기 싫은 날도 많고 이거 해서 뭐하나 하는 자조 섞인 회의감도 들게 마련이다. 하지만 자신과의 싸움에서 이기는 자에게 수확의 단꿈은 이루어지게 마련이다.

연휴를 맞아서 잠실에 친척 집에 갔다. 오랜만에 석촌호수를 거닐 수 있었다. 가을 특유의 강렬한 햇살이 내리쬐는 가운데 많은 시민이 가을 정취를 만끽하기 위해서 호수 산책로를 거닐고 있었다. 다들 연휴의 한가로운 정취를 만끽하는 모습이었다.

 아름다운 여성이 벤치에 앉아서 음악을 들으면서 쉬는 모습도 보였다. 호수 너머에 롯데월드와 매직 아일랜드가 보였다. 놀이기구를 타면서 스릴을 즐기는 이들을 보면서 동심으로 돌아가고 싶다는 생각이 들었다.

나도 어렸을 적에 놀이공원에서 신나게 놀던 기억이 난다. 누구나 동심으로 돌아가고 싶다는 생각을 가지기 마련이다. 우리의 상상력과 기발한 아이디어는 세월이 흘러가면서 현실과 주입식 교육으로 인해서 사라진 듯하다.

그래서 동화책을 많이 읽어야 하는 듯하다. 성인이 되어도 동화책을 읽으면서 상상력을 간직해야 한다. 가끔 어렸을 적 내 꿈은 어떤 거였는가에 대해서 생각할 때가 있다. 점점 현실이라는 익숙함이 새로움과 창의성을 잃어가는 듯하다. 롯데월드에 놀이기구를 타면서 신나게 놀았으면 한다. 잘 노는 거에 대해서도 사람들과의 유대관계를 잘 형성해야 한다.

이 나이에, 놀이터에서 아이들하고 놀 수 있는 때는 지난 듯하다. 가끔 놀이터에서 그네를 타고 있는 아이를 보면서 나도 타고 싶다는 맘이 든다. 놀 때도 화끈하게 잘 놀 줄 아는 사람이 건강한 사람인 듯하다. 무언가 내 안에서 발산하고 싶은 에너지를 분출할 수 있는 자가 지혜로운 자이다.

어른이 되어서 노는 게 술 먹고 대화하고 노래방 가는 게 거의 다인 듯하다. 물론 점잖게는 책을 읽고 음악 들으면서 조용히 보낼 수 있는 시간도 있다. 추석 때도 윷놀이하고 강강술래를 하면서 전통

놀이를 하던 기억이 가물가물하다. 사람들이 모여야 하는데 다들 핵가족화되고 개인주의 사회가 되니 혼자 있는데 익숙한 것 같다.

친척들하고도 왕래하지 않는다. 그래서 가끔 사람들과 함께 있으면 어색하고 부자연스럽다. 혼자 있는데 익숙해져 있기 때문이다. 이번 추석은 늦더위로 인해서 하석같다는 보도가 나오고 있다. 참 유난히 더웠던 한 해이다. 매일 일하면서 내 자신을 굴려야 한다. 사람들은 가만히 있고 싶어 한다. 끊임없이 도전하고 일을 벌여야 한다. 그래야 성장과 발전을 도모할 수 있다.

추석 연휴 기간 영화를 보면서 즐겁게 지냈다. 사실 공중파에서 방영해 주는 영화들이 거의 다 본 것들이었다. 범죄의 도 시2를 해 주었는데 재미있게 보았다. 폭력적이기는 하지만 묘한 카타르시스를 느끼게 한다. 액션물을 보면서 대리만족하게 되는 듯하다. 내 안에 있는 분노와 후회와 원망들을 액션물의 통쾌한 장면에 날려 버린다. 사람들은 적

절하게 해소할 수 있는 무언가가 있어야 한다.

그게 영화이든 음악이든 나만의 무언가가 필요하다. 그래야 건강한 삶을 보낼 수 있다. 이제 추석이 지나면 날씨가 점점 추워질 거다. 그러면 한 해가 가는 기분이 들 것이다. 정말 시간이 빠르게 간다. 일 년이라는 시간이 결코 길지 않다. 눈감아 보면 한 살 더 먹고 있다. 이루어 놓은 건 없으면서 나이만 먹어가는 듯하다.

명절에 잔소리 듣기 싫어서 친척들이 오는 게 싫다고 한다. 취업은 했니? 결혼은 언제 할 거니? 등등 평소에 한번 보지도 않으면서 명절날 잠깐 보면서 저런 정곡을 찌르는 말들을 하면서 불편해질 필요는 없는 듯하다. 각자의 삶 알아서 살아야 한다. 노터치이다. 누가 혼수 둔다고 그게 먹히는 것도 아니고 말이다. 잔소리도 하다 보면 입 아프고 에너지 낭비이다. 사람들은 나이가 들수록 꼰대가 되고 싶은 경향이 있다. 자신이 경험하고 아는데 다일 거라는 착각을 하게 된다. 그래서 소위 라떼는 말이라는 훈계 식 잔소리가 늘어나게 된다. 이렇듯 저렇듯 명절은 가고 2024년도 저물어가게 될 것이다.

가을철 추수할 거리를 정리하는 농촌을 보면서 내 인생에 수확 거리가 무엇인지 정리하는 시간을 가져야겠다. 우리네 인생이라는 게 한번 가면 다시 오지 않는다. 그만큼 소중한 시간을 헛되이 보내어서는 안 된다. 나에게 중요한 일들을 하면서 의미와 가치를 부여해야 겠다. 이제 여름 같은 추석이 잦아들 거라고 한다. 내 인생에 수확 거리가 많았으면 한다. 일단 좋은 글을 쓰고 내가 가진 지식과 기술을 콘텐츠화해서 사람들에게 도와주는 일들을 하고 싶다. 그러면서 점점 나 자신을 가치 있는 존재화 하기를 바란다. 그런 내가 되었으면 한다. 추석의 달을 보며 소원을 빌고 있다. 내일의 나는 좀 더 나은 나였으면 하고 말이다.

생각의 구름

생각 속에 잠들어 있는 나의 꿈
깊이 잠들어 일어나지를 못하고
비몽사몽 헤매고 있는 꿈아
시원하게 불어오는 가을바람에
코끝이 간질간질 거려도
꿈쩍도 않는 꿈아
미안하다.
생각의 생각에
깊은 호숫가에 빠져버린 듯
허우적거리는 모습에
꿈아
청명한 가을 하늘
떠다니는 구름 속에

생각을 같이 흘려보낼게

꿈아

생각이 사그라질 때

그때는 일어나

기지개를 활짝 펴고 있어줘

가을밤 노래

저녁 들판에 울리는

너의 목소리

가슴이 아련하게

느껴지는 건

너가 그리워서일까?

그녀가 보고 싶어서일까?

떨리는 손으로 전화기를

만지작만지작

보고 싶은 맘에 전화기를 들었지만

시간만 흐르고

나의 손, 나의 눈

나의 몸은 너에게 있는데

그녀는 느껴지지 않나보다

가을밤

그녀 목소리가 그리운데

들판에 숨어 소리내고

있는 친구들아

그녀에게도 들려줘

내가 너를 기다리고 있다고

더 목청껏 소리쳐 주렴

더 크게 목청껏

가을 단풍

가을이 되면
빨갛고, 노랗고, 푸릇푸릇
아름다운 색으로 염색하는
단풍잎들을 보러 떠나자

시큼시큼 밟으면 냄새가
배기는 은행나무 밑 은행

우리 모두 가을 단풍
구경하러 떠나요.

가을 앞에서

지옥이 여기 있어
계절이 식고 있는데
안쪽이 활 활 타서
열이 식지 않아

시기를 놓친 과일은 떫은맛이 나
향기 없는 꽃은 나비도 찾지 않는다는데

차라리, 내가 버려진 강아지였다면….
그랬다면, 네가 나를 그냥 두고 가진 못했을 텐데….

바스러지는 대신 멍이 들거야
슬픔과 어두운 결말을 가진 채로

낙엽처럼

어린아이들이 떨어진 낙엽 위에서
바스락 바스락 잎을 부시며 댕긴다
어지러운 세상, 부서지는 소리와 함께
순한 웃음소리가 짙은 그늘을 치운다.

잎이 노랗게 죽어가요
잎이 빨갛게 죽어가요
저에게도 저런 날이 올까요?

아름답게 피고 지며
끝이 와도 누군가에게
행복을 주고 갈 수 있을까요?

웃고 있는 저 아이들을 보세요
아이들 눈에 저의 세상이 보여요
그렇게 꿈꾸던 그, 세상이 보여요

저 낙엽들처럼
제 마지막도
행복이 될 수 있게 해주세요.

그리고 가을

그리고

가을 길이 열렸다
연말 평가를 앞둔 도시가 북적이고
따가운 들판 농부의 손발이 분주하다

저마다의 어깨가
짊어진 인생의 무게로 내려앉는다

누군가는 내리막을 달려가고
누군가는 오르막을 기어가며
누군가는 비오는길 걸어가고

가을 길의 풍요 속에
숨죽인 슬픈 가락이 흘러나온다

열린 가을 길에서
잊혀질 걸음을 용기로 내딛는다

그리고
누구든지 살아지는 인생이라 보여준다

그리고
얼마든지 살아낼 만한 세상이라 외쳐본다

가을이 닿는다, 가을을 담는다

촉촉한 아침 이슬 사잇길
손끝에 가을이 닿는다

초록 고추
우리 엄마 인생처럼 맵고
빨간 고추
우리 엄마 마음처럼 아름답게
가을을 담는다

포근한 정오 햇살 틈새길
마음 끝에 가을이 닿는다

키 작은 코스모스
우리 아이 웃음처럼 맑게
기다란 해바라기
우리 아빠 등짝처럼 든든하게
가을을 담는다

팽팽한 저녁노을 지름길
발끝에 가을이 닿는다

시퍼런 단감
구부러진 내 인생처럼 떫게
주황빛 단감
여전한 내 오늘처럼 올곧게
가을을 담는다

가을을 담아가는 너에게

너의 가을이 햇살을 담았으면 좋겠다

어떤 모습
어떤 자리
눈부신 너
웃을 수 있도록

너의 가을이 열매를 담았으면 좋겠다

모든 시간
모든 역할
빛나는 너
가볍게 걸을 수 있도록

붉은색, 노랑색, 주황색, 초록색, 고동색
가을이 던져준 오색 빛깔 물들이며
너의 가을도 아름답기를

감사함, 충만함, 따듯함, 풍성함, 찬란함
가을이 가져다준 오감 빛깔 챙겨입으며
너의 가을도 풍요롭기를

가을을 담아가는 네가
탄식, 설움을 덮어주면 좋겠다

가을을 담아가는 네가
기쁨, 즐거움을 열매 맺게 해주면 좋겠다

가을을 보고

나무 사이의 낙엽이
하나, 둘 떨어지고
낙엽 쌓인 길을 걷다 보면

가을바람이 살랑살랑
내 마음도 한들한들
바람이 불어
가을은 나를 비집고 들어온다.

가을꽃
가을 사랑에
조용히 귀 기울여 보며

가지 말길 가지 말길

소원했던 그 가을의 끝

저물어 가는 이 계절을

나는

서운하게 바라본다.

그 붉고 생각 많은 가을에서

가을 도화지

가을 도화지에 아름다움을 그려 봅니다.

단풍 물감으로 사랑과 추억을 담아서 그려 봅니다.

마음에 가을옷을 입고 단풍처럼

아름다움을 가져 봅니다.

떨어지는 낙엽 같은 사랑이 아닌

더 아름다워지는 사랑을 위한 준비를

가을 도화지에 조금씩 조금씩 그려 봅니다

가을 그리움

가을바람에서 느껴지는
쌀쌀한 바람은 그대의 아픔 같아요
그 바람을 막아 살랑거리는
행복으로 만들어주고 싶어요

가을 하늘에 멋진 구름들은
그대의 마음을 위한 하늘의 선물 같아요
구름 그린 멋진 그림으로
그대가 미소를 짓고
행복을 느낄 수 있도록

가을 노을은 그대를 생각하는
나의 그리움을 대신 전하는 마음이에요
노을이 더 붉어질수록
그리움이 커져가고 있다고

가을 사랑

사랑하는 그대에게
가을의 고백은
고독을 사랑하는 바꿔주는
아름다운 가을 마법입니다

아름다운 가을 하늘 아래
커피향 가득한 곳에 앉아
미소를 짓게 만드는 그대와
사랑을 한 아름 담아 나누고 싶습니다

가을 햇살 사이에 떨어지는 낙엽 속에
그대에게 전하는 사랑을 담아
전달하는 사랑의 메시지입니다

시원한 가을이 왔다

한 해마다 더운 여름은 항상 온다.
지나가지 않을 거 같았던 길긴 여름

그 기나긴 여름이 조금은 사라지는 때에
아침저녁으로 바람이 서늘하게 분다.

그렇다 점점 가을이 오고 있는 것이다.
이 가을이 오면서 어느새 한 해가
간다는 걸 몸으로 느끼게 된다.

가을은 잠시 왔다가 그냥 겨울에게
그 자리를 내어주고 사라진다.

하지만 그 잠깐의 시간이지만 높은 하늘과
시원함 바람을 주면서 다가올 겨울을
대비하라고 말해주듯 떠난다.

거두어갈 계절

너와 가고 싶었던 우동 집에서 한 장
밖에 나오니 달이 환해서 두 장
그 예쁜 것을 같이 못 봐서 세 장
생각해 보니 서운해서 네 장
상상도 못 한 진심에 다섯 장
마지막은, 늘 그렇듯 아-멘

두둑이 쌓인 낙엽만큼
너에게 물들은 내 마음

빗자루로 열심히 쓸어도
꽃을 마침내 피어나고
달궈진 볼이 적셔진다

겨울, 봄 그리고 여름
다시 가을

이제 그만 도망가라고
나는 너를 하루 더 기다린다고
내 앞에 쌓인 편지를 거두어가라고

귀환

눈을 감아도 느껴지는 것들이 있습니다
따스한 햇살과 나긋한 바람이 그렇습니다
나는 그러한 것들을 사랑하는 사람입니다

눈을 감고 꿈을 꾸면 늘 그렇듯 당신이 보입니다
가을 하늘 아뜩한 저 위 나부끼는 뭉게구름 같은
그대
나는 이제 눈이 없어도 당신을 볼 수 있습니다

그대는 그동안 어떤 꿈을 꾸었나요
내가 아닌 꿈을 꾼 탓에 나를 떠난 당신
나는 당신의 눈빛 속에서 그 꿈을 읽습니다

내 꿈이 비었습니다
어여쁜 구름은 걷히면 그저 그만입니다
눈을 감으면
여전히 느껴지는 나의 사랑

묶인 데 없는 구름처럼 훨훨 날아갈 것을
단감보다 달큰한 꿈 따라 영영 잊고 살 것을
가을의 귀환은 눈을 감아도 귀에 들리는 법이랍니다

가을 냄새

가을에만 맡을 수 있는
특별한 냄새가 있다.

상크름한 가을의 냄새는
여름의 따스함을 닮았고
겨울의 쓸쓸함을 담았다.

어느 가을날

미련 많은 여름의 발자국은 한껏 가을에 맺혔다.
짧게 머물다 가는 가을은
익지 못한 여름과 읽지 못한 겨울이다.

어느 가을의 한 페이지는
오늘도 청명하게 스친다.

포레스트 웨일 공동 작가

하늘에 가을을 수놓다

초판 1쇄 발행 2024년 10월 10일
초판 1쇄 인쇄 2024년 10월 10일

| 지은이 | 송해성(아도니스송) | 조서아 | 김채림(수풀) | 꿈꾸는 쟁이 |

one_시인 | 박상어 | 아루하 | _Heimish_ | 숨이톡 | 유동
서희 | 하진용(글쟁) | 이상현 | 루다연 | 이재성 | 안세진 | 일랑일랑
한민진 | 최이서 | 김준 | 박주은 | 뮬렛 | 노기연 | 윤현정 | 정예은
조현민 | 네모(배우나) | 김원민 | 백우미 | 김승현 | 한라노 | 윈터
글길 | 문윤희 | 신경은 | 시눈 | 한지인 | 새벽(Dawn) | 서지석
사랑의 빛 | 광현

디자인	포레스트 웨일
펴낸이	포레스트 웨일
펴낸곳	포레스트 웨일
출판등록	제2021-000014 호
주소	충남 아산시 아산로 103-17
전자우편	forestwhalepublish@naver.com

| 종이책 | 979-11-93963-49-4 |
| 전자책 | 979-11-93963-48-7 |

작가님들과 함께 성장하는 출판사
포레스트 웨일입니다.
작가님들의 소중한 원고를 받고 있습니다.
forestwhalepublish@naver.com